Historio de Julio Fulono en Romo

Brian Smith

Copyright 2024

Brian Smith

Pri Duobla Signifo de la Vorto 'Fullo' en Latina Lingvo

En la latina lingvo, la vorto "fullo" havas du distingajn signifojn: ĝi rilatas kaj al profesio kaj al insulto.

Profesio: En sia rolo, "fullo" estis vilaĝa teksaĵpurigisto. La fulloj estis spertaj laboristoj, kiuj ricevis la taskon purigi, blankigi kaj moliigi teksaĵojn per batoj kaj lavado en miksaĵo de akvo, urino kaj fulona tero. Ĉi tiu laboro, komisiita al la fulloj, estis esenca por la purigado de teksaĵoj. Tiu procezo forigis malpuraĵojn kaj faris la teksaĵon pli blanka kaj pura. La fulloj ludis gravan rolon en antikvaj urboj, kie teksaĵoj estis altvalora varo, certigante, ke vestoj estu puraj kaj bone prizorgitaj. La fulloj aparte adoris la diinon Minerva, kiel multaj aliaj metiistoj. Pro tio, ili speciale partoprenis en la Quinquatrus, solena festo dediĉita al Minerva, kiu okazis la 17-an tagon antaŭ la Kalendoj de Aprilo. Festeno ofte estis okazigita en la laborejoj de la fulloj. La fulloj estas ankaŭ asociitaj kun bildoj de noktuoj, kiel evidentas en la romiaj grafitioj trovitaj en Pompejo. Inter akademiuloj estas viglaj debatoj pri ĉu ĉi tiu asocio kun la noktuoj de Minerva devenas de la proverbo de Varo: "Homoj timas ĝin pli ol fullojn noktuon" (Sat. Men. 86. 4).

Insulto: Kiel insulto, la vorto "fullo" povis esti uzata por ofendi aŭ moketi iun. La uzo de "fullo" kiel insulto verŝajne devenas de la naturo de la laboro de fulloj, kiu implikis traktadon de malpuraj kaj malagrablaj teksaĵoj, inkluzive de urino, por purigi vestojn. Ĉi tiu asocio kun malpuraĵo kaj malagrablaj odoroj povus konduki al metafora uzo de la vorto por indiki iun ajn riproĉindan aŭ malaprobindan konduton. Voki iun "fullo" en ĉi tiu maniero sugestis, ke tiu persono estas malpura, obscena aŭ de suspektindaj moroj.

Tial, kvankam "fullo" origine rilatis al honorinda profesio pri purigado kaj traktado de teksaĵoj, ĝia asocio kun malpuraĵo kaj malagrablaj odoroj ankaŭ kaŭzis, ke ĝi estu uzata kiel insulto por indiki iun ajn riproĉindan konduton aŭ malaprobon. En klasika literaturo, la vorto "fullo" efektive estas uzata kiel insulto en diversaj lokoj. Jen kelkaj ekzemploj:

Plaŭto, **"Curculio":** En ĉi tiu komedio de Plaŭto, karaktero nomita Phaedromus uzas "fullo" kiel insulton. Li diras: "Prenu ĉi tiun vian regilon, iu ajn heroldo, kiu kaptas sin venĝi, kiel mi volas; kaj plenumu ĉi tion kiel fullo." (Curculio, 441-442) Ĉi tie, "fullo" estas uzata en mokema maniero, indikante ke la persono, al kiu li parolas, devas plenumi taskon similan al la laboro de fullo, sugestante ke ĝi estas humila aŭ nedigna.

Plaŭto, **"Pseudolus"**: En alia teatraĵo de Plaŭto, rolulo nomata Simo uzas "fullo" kiel insulton. Li diras: "Do vi foriru de ŝi kaj iru al la virino, fullo, kiu estas pli ĉi tie ol la plej granda Fortuno: mi ŝin forlasos." (Pseudolus, 1142-1144) Ĉi tie, "fullo" estas uzata por riproĉi la morojn de la persono, sugestante trompon aŭ malfidelecon.

Historio de Julio Fulono en Romo

Malfeliĉa Okazaĵo

En tiu sufoka tago, sub arda ĉielo, Julio, juna viro plena de forto sed simplanima, abunde ŝvitanta, laboris en la fulonejo. Li purigis malpurajn kaj makulitajn vestaĵojn per akvo, dum lia menso vagis pro la enuo de la ĉiutaga vivo. "Ho, kiel monotona estas ĉi tiu mondo!" li sopire pensis al si. "Kie estas tiuj mirindaĵoj, kiuj ekscitas la animon?"

Subite, granda tumulto eksplodis el la trankvilo de la strato. Julio, movita de scivolemo, rapidis al la fenestro por rigardi la nekutiman spektaklon. Senatoria ĉaro, tirata de grandaj ĉevaloj, neatendite turniĝis en la straton. Julio, kun larĝe malfermitaj okuloj kaj buŝo, paŝis reen, sed pro malfeliĉa hazardo, li nevole verŝis sur sin urnon da urino.

"Ve al mi, kompatindulo!" li malespere ekkriis, kun korpo malseka, spirito rompita, kaj malagrabla odoro ĉirkaŭ li.

Samtempe, la granda ĉaro haltis kaj el ĝi malsupreniris senatoro, persono de impresa digno sed kun minaca mieno. "Kiu aŭdacas perturbi mian trankvilecon? Kaj kio tiel malbone odoras?" li kolere ekkriis, ĉirkaŭrigardante.

Julio, ankoraŭ malseka kaj konfuzita, alproksimiĝis al la senatoro, humile kliniĝante: "Pardonu, Sinjoro, mi estas senkulpa..."

"Silentu!" la kolera senatoro interrompis. "Ho, kia malbono en la servoj, vi devos suferi punon!"

Ĉirkaŭstarantaj amikoj de Julio, apenaŭ retenante sian ridadon, atestis ĉi tiun scenon, sed Julio sentis la gravecon de la danĝero. "Ne servisto, sed libera homo mi estas," li respondis, kvankam per tremanta voĉo.

La senatoro, kies kolero iom kvietiĝis, lin pli atente ekzamenis. "Libera, ĉu? Eble do, pli milda puno estas destinitaj por vi."

Post tiuj vortoj, la senatoro rapide foriris, lasante Julion en stato de konfuzo kaj angoro, fuĝante de la malbona odoro. Liaj amikoj, nun liberigitaj de sia rido, alproksimiĝis al li.

"O Julio, ĉiam avidanta je aventuroj!" diris Marko, lia fidela amiko, ridante. "Sufiĉas," malgaje respondis Julio. "Neniu tago estis pli malbona en mia vivo ol ĉi tiu."

Tiun nokton, Julio kuŝis en sia lito, ferminte siajn okulojn, profunde spirante. Lia menso, liberigita de la katenoj de la ĉiutaga vivo, submerĝiĝis en profundan sonĝon. Li vidis sin staranta ĉe la pruo de ŝipo, ĉirkaŭita de grandaj kaj ŝaŭmantaj ondoj. La ĉielo estis nigra, fulmoj brilis tra la aero, kaj tondroj resonis en liaj oreloj. Li sentis timon en sia koro, sed ankaŭ nekredeblan senton de libereco.

Trans la maro, li atingis vastan kaj sekan dezerton. Varma sablo fluadis sub liaj piedoj, la brulanta suno super lia kapo. Neniu akvo, neniu vivo, sed en la senfina soleco, li trovis sin mem. Kaj en tiu vasta loko, li vidis bildon de sovaĝa kaj libera virino, kiu dancis en la sabloj, parolante kun la ventoj. Julio, kaptita de ŝia libera spirito, alproksimiĝis al ŝi, kaj, kvankam ili ne havis komunajn vortojn, ili komunikis per okuloj kaj gestoj.

Post la dezerto, li alvenis al frondoriĉa kaj fekunda lando. Tie, en densaj kaj verdaj arbaroj, li spertis la dolĉecon de amo. Bela knabino, kies okuloj brilis kiel noktaj steloj, gvidis lin al sekreta loko. Inter floroj kaj murmuroj de fontoj, ili interŝanĝis dolĉajn brakumojn kaj kisojn. Amo, kiu kreskis sen vortoj, plenigis iliajn korojn.

Subite, la sonĝo ŝanĝiĝis, kaj Julio trovis sin meze de batalo. Kun glavo en mano, li batalis kontraŭ nekonataj malamikoj. Tie, li lernis ne nur pri forto kaj kuraĝo, sed ankaŭ pri fido kaj amikeco. Li stariĝis flank' al flank' kun siaj kunuloj, kaj, kvankam la batalo estis severa, la ligilo inter ili estis firmigita.

Finfine, la sonĝo finiĝis, kaj Julio, vekiĝinte de ĉi tiuj vizioj, sentis en sia koro novan vivforton kaj energion. Eĉ se ĉio ĉi estis nur sonĝoj, ili inspiris lian spiriton al novaj agoj kaj kuraĝo. Li sentis sin preta por ĉio, kio atendis lin, eĉ se, kiel en liaj sonĝoj, li devus trairi nekonatajn vojojn kaj alfronti grandajn danĝerojn.

Kiam la nova tagiĝo ekbrilis, Julio, kun renovigita spirito, leviĝis. Li rigardis la leviĝantan sunon kaj serenan ĉielon tra sia fenestro kaj akceptis tion kvazaŭ bona antaŭsigno. Li vestis sin kaj eliris el la domo, rapidante al la forumo, kie liaj amikoj jam kunvenis.

Kiam li alvenis al la forumo, li vidis siajn amikojn kaj, kun koro plena de kuraĝo, ekkriis: "Aŭskultu, ho kunuloj! Mi portas grandan planon en mia brusto; mi volas entrepreni longan vojaĝon."

Liaj amikoj, unue surprizitaj, baldaŭ ekridis. Publio, unu el liaj kunuloj, ridetante, diris: "Vi, longan vojaĝon? Vi apenaŭ konas la angulojn de ĉi tiu urbo!"

Sed Julio, ne perturbita, levis la manon kaj ordonis silenton. "Dum la pasinta nokto," li diris, "mi havis sonĝon, ne simpla sonĝo, sed signon, kiel mi kredas, senditan de la dioj. Mi vojaĝis tra vastaj landoj, travivis ŝtormojn sur la maro, vagis tra dezertaj sabloj, kaj trairis mallumajn arbarojn. Mi vidis aferojn, kiujn mi neniam antaŭe imagis, kaj renkontis nekonatajn popolojn. Mi spertis timojn, ĝojojn, la dolĉecon de amo, kaj la amarecon de batalo. Ĉiuj ĉi tiuj aferoj, mi kredas, ne estis montritaj al mi sen kialo."

Liaj amikoj, kaptitaj de liaj vortoj, silentiĝis kaj aŭskultis pli atente. "Ĉi tiuj sonĝoj," Julio daŭrigis, "mi konsideras ne nur kiel noktaj fantazioj, sed kiel vokon, taskon donitan de la dioj. Mi sentas, ke mi estas destinita al granda vojaĝo, al esplorado de nekonataj teroj, kaj al lernado pri la mirindaĵoj de la mondo. Kaj eble, tra ĉi tiuj vojaĝoj, mi povos lerni ne nur pri la mondo, sed ankaŭ multe pri mi mem."

Liaj amikoj, nun ne plu ridantaj, sed kun miro kaj admiro en siaj vizaĝoj, aŭskultis atente. Julio, kuraĝigita de ilia silento, aldonis: "Mi scias, ke la vojaĝo estos malfacila kaj danĝera, sed ĉi tiu estas mia vojo, mia destino. Kun la helpo de la dioj, mi superos la danĝerojn kaj atingos mian celon. Mi ne petas, ke vi sekvu min, sed mi esperas reteni vian benon kaj amikecon."

Silento regis dum momento, dum liaj amikoj pripensis liajn vortojn. Fine, Marko, lia fidela amiko, paŝis antaŭen kaj prenis lian manon. "Julio," li diris, "se ĉi tio estas via vojo, ni ne malhelpos vin. Sed ĉiam memoru, ke kien ajn via vojaĝo vin kondukos, vi havas amikojn ĉi tie, kiuj zorgos pri vi kaj atendos vian revenon."

La aliaj amikoj, emocie tuŝitaj, esprimis sian konsenton. Julio, kun larmoj en la okuloj, ĉirkaŭbrakis ilin. "Mi dankas vin," li diris. "Kien ajn mi iros, mi portos parton de vi kun mi kaj ĉiam konservos vin en mia koro."

Liaj amikoj, komprenante lian decidiĝon, konservis silenton. Marko serioze diris: "Julio, se vi vere deziras ĉi tion, ni ne malhelpos vin. Sed estu atenta; la vojaĝo estas malfacila kaj plena de danĝeroj."

Julio, kun dankemo, respondis kun firma spirito: "Mi estas preta por ĉio, kion mia destino rezervas por mi. Mi estas preta."

Kaj tiel, Julio, kiu iam laboris solule en la fulonejo, decidis serĉi novan vivon kaj neaŭditajn aventurojn. La estonteco estis necerta, sed lia koro estis plena de espero kaj kuraĝo. Nova tago, novaj destinoj, novaj aventuroj en la granda teatro de la mondo atendis lin. Nekonata estis la vojo, sed plena de espero, li faris la unuan paŝon sur vojo, kiu ne nur ŝanĝus lian vivon, sed ankaŭ lian animon por ĉiam.

Pergamena Misterioza

Aŭrora mateno, kaj Julio, kun esplorema animo kaj sentima koro, marŝis tra la vojoj de la Romia Forumo. La ĉielo estis serena, kaj la varmaj sunradioj kredis mildajn ombrojn sur la forumo, la vigla centro de vivo kaj komerco. Komercistoj, okupataj pri siaj aferoj, alvenis de ĉiuj direktoj.

Dum li tiel paŝis tra la forumo, kun la okuloj jen direktitaj al la tero, jen al la homoj ĉirkaŭ li, li rimarkis ion nekutiman sur la grundo. Pergameno, antikva kaj kun ŝiritaj randoj, kvazaŭ longe kaŝita sub la tero, kuŝis antaŭ liaj piedoj. Julio, kun bateganta koro, tremante ĝin levis kaj zorge purigis per sia vesto, foriĝante la jarcentan polvon. "Kiajn sekretojn vi kaŝas?" li flustris, dum liaj okuloj sekvis la malhelajn signojn kaj antikvajn literojn.

La pergameno, plena de enigmoj kaj bildoj, prezentis antikvan historion kaj forgesitan lingvon, kiujn Julio provis kompreni sed tute ne povis interpreti. Ekscitita de la trovo, li rapidis al siaj najbaraj amikoj. "Rigardu, kion mi trovis!" li ekkriis, montrante al ili la enigman pergamenon. Liaj amikoj, Marko kaj Publio, unue ekridis. "Ah, Julio," diris Marko ludeme, "vi ĉiam estas altirata de fabeloj kaj sonĝoj!" Sed Julio, ne timante mokon, persistis: "Aŭskultu, amikoj! Mi kredas, ke ĉi tiu papero kaŝas grandajn sekretojn!" La rakonto de la pergameno parolis pri antikva popolo kaj kaŝita trezoro, sed multo restis malhela kaj nekompleta. Julio, brulanta de scivolemo, decidis solvi la enigmojn.

"Ni iru," li diris, "eble en ĉi tiuj skriboj nia sorto estas kaŝita!" Sub la klare brilanta roma suno, la tri amikoj, unuiĝintaj per la ligo de amikeco kaj mistero, ekiris al nova esplorado, eble alfrontonta antikvajn veraĵojn. "Ni iru al la biblioteko," Julio solene diris. "Eble tie ni trovos respondojn."

Enirante en la ombran bibliotekon, Julio pasigis nombrajn horojn inter la antikvaj volumoj kaj neglektitaj manuskriptoj, ignorante la tagan lumon tra la altaj fenestroj. La polvo kaj la silento de la loko, kvazaŭ malnova amiko, ĉirkaŭis lin. Fine, en sekreta kaj polvokovrita angulo, li malkovris neatenditan trezoron: antikvan libron, kies skribo mirige kongruis kun la pergameno trovita sur la forumo. Julio, plena de respekto, malrapide malfermis la libron kaj, malgraŭ penoj kaj malfacilaĵoj, sukcesis interpreti kelkajn partojn, mergante sian menson en la antikvaj misteroj.

Dume, Marko kaj Publio, kvankam skeptikaj, revis pri la kaŝita trezoro, subtenante Julion en lia serĉado. Sed subite, la antaŭe serena ĉielo kovriĝis per nigraj nuboj. Malvarma vento komencis fajfi tra la stratoj de la urbo, kaj de malproksime aŭdiĝis tondrado. Fulmoj ŝiris la ĉielon, lumigante ĝin per intensaj, sed mallongdaŭraj fulmoj. La pluvo komence falis milde, poste pli kaj pli forte, ĝis komenciĝis vera diluvo. Akvo torente falis el la ĉielo, purigante la stratojn, forlavante la koton kaj malpuraĵon. Homoj kuregis tra la stratoj serĉante rifuĝon, kaŝante sin sub arkadoj kaj en la ombro de konstruaĵoj, provante protekti sin kontraŭ la perforta pluvo.

"Julio!" ekkriis Publio, starante ĉe fenestro kaj rigardante la ĉielon. "Eliru! La pluvo urĝas nin!" Julio, tenante la valoran libron sub sia brako, elkuris el la biblioteko. Li kuris hejmen tra la torenta pluvo, dum grandaj gutoj falis de la ĉielo, malsekigante liajn vestojn kaj harojn. La stratoj de la urbo, nun ŝajnis kiel malgrandaj riveroj, portis akvon en fluetoj. Fulmoj tranĉis la ĉielon, kaj la bruego de tondro plenigis la aeron, dum la koro de Julio batis kune kun la fulmoj.

La pergameno, kiun li ankoraŭ portis, malsekiĝis pro la akvo; la anguloj de la papero kurbiĝis kaj moliĝis. Sed, mirinde, la pluvo, kvazaŭ dia mesaĝo, igis iujn literojn sur la papero pli klaraj. Literoj, kiuj antaŭe ŝajnis nebulaj kaj nedecifriceblaj, elstaris sub la akvofluado, kvazaŭ malkaŝante antikvajn sekretojn.

"Rigardu!" krias Julio, alvenante hejmen, montrante la malsekan pergamenon al siaj amikoj. La amikoj, ŝokitaj de la furiozo de la ŝtormo kaj la alveno de Julio, rapidis al li. "Jen, la akvo montras al ni la vojon!" La literoj nun estas klare videblaj, kiel steloj en la nokto, brilantaj sur la surfaco de la pergameno. Iliaj okuloj, plenaj de miro, moviĝis inter si kaj la nove malkaŝita skribaĵo. Ili sentis miraklon, senton de destino kaj mistero. Kvankam ekstere la ŝtormo furiozis, en iliaj koroj brulis nova espero kaj scivolemo. Julio, armita per libro kaj pergameno, kaj liaj amikoj, ekscititaj de la nova malkovro, estis pretaj sekvi la vojon, kiun la naturo mem, per la forto de la ŝtormo, montris al ili.

La amikoj, nun fascinataj de la nova aventuro, restis atentaj. "Eble," diras Marko penseme, "ĉi tie kaŝiĝas io de granda graveco." Movitaj de nova konfido, ili serioze pripensis la trezoron. Ili decidis entrepreni vojaĝon al la loko indikita en la pergameno, kvankam ili konsciis, ke la vojaĝo estos malfacila kaj danĝera.

"Ni restu firmaj," konfirmis Julio, kun brilantaj okuloj. "Kion ajn ni trovos tie, ni trovos ĝin kune." Tiel, kun ĉiuj necesaĵoj pretaj, Julio kaj liaj kunuloj, plenaj de novaj esperoj kaj kuraĝo, ekiris al nekonataj teroj kaj nesekuraj vojoj. Ili ne sciis precize, kion ili serĉas aŭ kio okazos, sed kun espero kaj amikeco en la koro, ili estis pretaj alfronti ĉiajn estontajn aventurojn. Ilia entrepreno, plena de danĝeroj kaj novaj spertoj, nun komenciĝis.

Konfuzo en la Forumo

Post neatendita malkovro dum pluvego, Julio, lanlavisto kaj zorgema viro kun intereso pri antikvaĵoj, decidis montri la ĵus trovitan pergamenon en la okupata forumo. Tiun tagon, la ĉielo estis klara, kun brila suno kaj milda brizo, kiu plifortigis la bruon de la vigla urbo.

Plena de nova celo, Julio direktis sin al la centro de la forumo, kie komercistoj kaj aĉetantoj amase kunvenis. Trovinte lokon en la mezo de la tumulto, li elmontris siajn novajn malkovrojn kaj ĉirkaŭrigardis. Homoj rapide preterpasis, la voĉoj de la vendistoj interplektiĝis, kaj bestoj senĝene vagis tra la stratoj.

Subite, dum vendistoj reklamis siajn produktojn, Julio stumblis sur ŝtono kaj, pro malfeliĉa hazardo, frapis kontraŭ antikva amforo. La sono de la rompiĝanta amforo kaj lia surpriza krio resonis tra la forumo, kaptante la atenton de ĉiuj.

El la rompita amforo elruliĝis misteraj skribaĵoj, kaj Julio, ŝokita de la neatendita okazaĵo, tremante kolektis la fragmentojn. Sed apuda komercisto, terurita kaj kolera, rapidis al Julio. "Kio estas ĉi tiu frenezaĵo?!" li ekkriis, alfrontante Julion kun ruĝa kolero. "Vi ŝuldas al mi por la amforo!"

Julio, kun bateganta koro sed sen mono, tuj ekkuris, akompanate de siaj fidelaj amikoj, Marko kaj Publio. Zigzagante tra la mallarĝaj stratoj de la urbo kaj la labirintoj de la placoj, ili lasis post si la kriojn de la kolera komercisto.

Fine, post la neatendita eksplodo en la forumo, Julio kaj liaj fidelaj kunuloj, Marko kaj Publio, ekiris en hastan fuĝon. La kolera komercisto, laŭta kaj minaca, persekutis ilin tra la homamasoj de la forumo kaj inter la bruaj vendejbudoj.

Julio, gvidante per rapidaj paŝoj tra la mallarĝaj stratoj, tamen vidis Markon, iom pli malrapidan, stumbli en korbon da fruktoj. Ruĝa pomo el la korbo falis kaj ruliĝis sub la piedojn de preterpasantoj. Marko, preskaŭ falinte, sukcesis rekapti sian ekvilibron, sed ne sen estigi ridon ĉe la pasantoj.

Publio, ridante pri Marko, ne rimarkis malgrandan knabon, kiu kuris antaŭ li, trenante lignan hakilon. Subite, Publio stumblis super la hakilo, etendante siajn brakojn por konservi ekvilibron. La knabo, timigita kaj konfuzita, ekkriis, sed Publio, apenaŭ retenante sin staranta, trankviligis lin per milda mano kaj daŭrigis sian kuron.

Iliajn persekutantojn, la komerciston kaj liajn helpantojn, kiuj ŝajnis kvazaŭ roluloj el komedio, trafis similaj faloj kaj malsaĝaĵoj. Unu el la helpantoj stumblis sur dormantan hundon, kiu, vekiĝinte, komencis kuri ĉirkaŭ li, envolvante lin en sia ligilo.

Dume, Julio kaj liaj amikoj kuris tra strato plena de lakto, kie virino vendis sian varon. Julio, lerte evitante korbon da lakto, serpente inter la urnoj. Marko kaj Publio, sekvante lin, ne tiel sukcese, falis en unu el la urnoj, disverŝante lakton tra la strato. La virino, kolerigita, ekkriis, sed la tri fuĝantoj jam estis malproksime.

Ilia fuĝo tra la urbo kondukis ilin al nekonataj kaj ridindaj lokoj. Ili preterkuris tra ĝardeno, kie kokinoj eksaltis, tra strato plena de homoj en grandiozaj togoj, kaj preter grupoj de komercistoj, kiuj, nekapablaj ĉesi ridi, spektis ilin.

Fine, post multaj ridoj kaj danĝeroj, ili atingis trankvilan kaj kaŝitan angulon de la urbo. La komercisto, kiu persekutis ilin, perdis ilian spuron kaj ŝajne jam ne estis en la proksimeco. La angulo, for de la urba bruo, ofertis al ili momenton de ripozo. Dum iliaj brustoj ankoraŭ forte leviĝis pro la intensa kurado, Julio, ankoraŭ anhelante kaj tremante, komencis esplori la pergamenon, kun Marko kaj Publio apud li, malrapide reakirante la spiron, pretaj malkovri novajn misterojn.

"Rigardu," diris Julio, etendante siajn tremantajn manojn al siaj amikoj, "eble ĉi tiuj ruinoj enhavas la ŝlosilon al nova loko, kiun la pergameno indikas, plena de trezoroj!" Dum ili ankoraŭ anhelis, la amikoj alproksimiĝis al la dokumento, kun brilantaj okuloj kaj plena de scivolemo. Julio, kun renovigita espero en la koro, ekzameniĝis la misterajn literojn sur la pergameno.

Subite, el la ombroj, aperis nekonata viro kun impona mieno kaj penetraj okuloj, kiu tuj malaperis, lasante Julion kaj liajn kunulojn en dubo, ĉu li estis iu dia estulo. "Atentu," li diris per profunda voĉo, "ne ĉio, kio brilas, estas oro." Julio kaj liaj kunuloj, konfuzitaj de liaj vortoj, sentis novan timon, sed kolektis sian kuraĝon, ankoraŭ deciditaj solvi la enigmon.

Gvidataj de sorto, ili renkontis nekonatan virinon nomitan Julia, kiu ŝajnis bonkora kaj preta helpi. "Kvankam la nokto proksimiĝas," ŝi diris, "mi tamen povas oferti al vi helpon." Kiam la nokto malheliĝis la ĉielon, kvazaŭ gvidataj de nevidebla mano, ili iris al la domo de Julia, kie, ĉirkaŭitaj de la lumo de kandeloj kaj la verda, malforta lumo de fajro en la kameno, ili diskutis pri estontaj planoj. Sed la pergameno en la mano de Julio komencis vibri, avertante lin pri danĝero. Julio, sentinte la minacon, tuj kaptis siajn amikojn, kaj ili fuĝis el la domo.

Ili revenas laŭ la vojo al siaj malriĉaj hejmoj, lokoj sekuraj sed modestaj. Dum ili serĉas trankvilon en la mallumo, la mistero de la malaperinta viro kaj la avertoj de la pergameno restas en iliaj mensoj. Post adiaŭi siajn kunulojn, Julio sola marŝas tra mallarĝa kaj malpura strato. Subite li rimarkas templon dediĉitan al Minerva. Kiel lanlavisto, kiu serĉas la protekton de la dioj, li respekte proksimiĝas por preĝi. Li aŭdas kvazaŭ riproĉajn vortojn: "Vortoj ne sufiĉas. Kie estas la ofero? Bovo, kapro, kokino, io ajn?"

Julio, ne sciante kion fari, ĉar li ne havis beston por oferi nek monon por aĉeti unu, tamen faras decidon. Li metas unu el la pergamenoj sur la malgrandan altaron. Post mallonga momento, li vidas Minervan ridetante al li. Poste Minerva, la pergameno kiun li oferis, kaj la templo ĉiuj malaperas. Sentante sin pli bone, Julio revenas al sia hejmo.

Invitaj Kunuloj

Julio, kuraĝa kaj neŝanceliĝa en sia decido, akceptis malfacilan sed necesan taskon: li konvinkis siajn kunulojn, Markon kaj Publion, engaĝiĝi en ekspedicion plena de danĝeroj. Komence, hezito kaj necerteco turmentis ilin. Marko estis kaptita de la timo pri nekonataj minacoj; Publio, kvankam sincera, estis zorgoplena pri la rezulto.

"Kien vi nin kondukas?" demandis Marko, plena de duboj. "Ĉie ĉirkaŭas nin neeblaĵoj!"

"Tamen," respondis Julio kun fido, "kune ni estas pli fortaj. Ĉiu el ni povas kontribui per siaj talentoj, kaj eĉ per siaj mankoj, al ĉi tiu celo."

Dum ili preparas sin por la vojaĝo, la individuaj kvalitoj kaj mankoj de ĉiu neeviteble malkaŝiĝas: Marko, kvankam timema, elstaras pro sia saĝeco kaj singardemo; Publio, kvankam foje riskema, montras grandan persistemon kaj lojalecon; Julio, la natura gvidanto, alportas esperon kaj direkton.

Post adiaŭoj al familio kaj amikoj, ili ricevas lastajn avertojn kaj varmajn benojn. Miksitaj sentoj de espero kaj timo akompanas ilian foriron.

Kun la alveno de la tagiĝo, sub griza kaj nedecidita ĉielo, ilia vojaĝo komenciĝas. Ne ĉio iras laŭ iliaj deziroj: sur la vojo, neatenditaj eventoj kaj amuzaj momentoj kreas humuron, kiu mildigas la streĉon.

"Fine ni forlasas Romon," flustris Publio, ĝustigante sian pakaĵon. "Mi ne scias kiam ni revenos."

Marko, iom zorgema, aldonis, "Mi esperas, ke ni trovos prudenton kaj bonŝancon survoje."

Julio, komprenante la timojn de siaj kunuloj, kuraĝigis ilin: "Kune, tra ĉio, kiel en Romo, tiel ankaŭ survoje, ni restos fortaj. Ni konservu nian fidon unu al la alia." Tamen, kiel sorto volis, ilia vojo devias. Ne laŭ rekta vojo, sed tra serpentumaj padoj, tra nekonataj kaj neatenditaj regionoj, ili estas gvidataj. Ĉe certa haltejo, ili trovas tavernon, lokon plena je diversaj homoj kaj amuzaj konversacioj.

"Mirinde," flustris Publio, dum ili sidis en la tavernejo rigardante ĉirkaŭen. Sub la nokta ĉielo, kunveninte ĉirkaŭ la fajro, ili rakontis fabelojn pri nekonataj landoj kaj estontaj revoj. En tiuj momentoj de trankvilo, sub la brilantaj steloj, ilia sincera amikeco kaj kuneco estis plifortigitaj. La gastejestro, viro de malalta staturo kaj grizaj haroj, alproksimiĝis al ili kaj, kun afabla mieno, demandis: "Kion vi deziras por vespermanĝo? Panon, fromaĝon, olivojn? Kaj kion vi volas trinki, vinon, akvon, aŭ bieron?"

Julio, pripensante la manĝaĵon, respondis: "Panon kaj fromaĝon, bonvolu, kaj malvarman akvon." Marko, sentante soifon, aldonis: "Mi petas ruĝan vinon." Publio, ŝatanto de olivoj, diris: "Olivojn, mi petas, kaj bieron."

Dum la gastejestro foriris por prepari la vespermanĝon, la kunuloj sidis ĉirkaŭ la fajro, sentante la fumon kaj la varmon. La tavernejo, kvankam malnova kaj ne tre ornamita, tamen ofertis varman rifuĝon. La ŝtonaj muroj, lignaj tabloj, kaj fumplenaj lampoj kreis antikvan kaj kamparan etoson. En la anguloj, aliaj vojaĝantoj dormis, kovritaj per siaj manteloj.

La voĉoj de la homoj, la tintado de la glasoj, kaj la krakado de la fajro kreis sian propran melodion. Julio, Marko, kaj Publio, atendante la manĝon, parolis pri superitaj danĝeroj kaj pri la forto de amikeco. Ridoj kaj senzorga babilado fluis inter ili, kvazaŭ ĉiuj danĝeroj de la ekstera mondo estus malproksimaj.

Kiam la manĝaĵo kaj trinkaĵoj alvenis, ili ĝuis mallongan silenton, poste esprimis en siaj koroj dankon por la manĝaĵo kaj amikeco. La nokto en la tavernejo, kvankam simpla kaj humila, donis al ili dolĉan memoron kaj momenton de paco. Post manĝado, ili revenis al la fajro, direktante siajn pensojn al la estonta tago kaj al ĉio, kion ili ankoraŭ devas alfronti.

Tamen, la nokto ne restis trankvila; ili suferis turmentajn sonĝojn kaj angorajn vekiĝojn, iliaj mensoj implikitaj en la spekuladoj pri nesekura estonteco. Kiam la unuaj lumoj de la tagiĝo rompis la krepuskon, ili renovigis sian decidon por la nova tago kaj celo. Kun kunmetita kuraĝo, ili aŭdace transiris vastan kaj impetan riveron, sperto kiu alportis novajn timojn kaj malfacilaĵojn, sed samtempe fortigis ilian fidon kaj unuecon.

Ilia vojaĝo gvidis ilin tra densaj kaj mallumaj arbaroj, kie nekonataj bestoj kaj embuskoj kaŝis sin. Sed, mirige, ju pli profunde ili eniris en la sekretojn de la arbaro, des pli ili komprenis siajn proprajn animojn kaj la unu la alian. Fine, post kiam la nuboj disiĝis kaj la suno disvastigis sian lumon kaj varmon, ili plene rekonis la veran esencon de amikeco. Kvankam komence ili estis hezitemaj kaj timemaj, nun, tra diversaj danĝeroj kaj eventoj, ili malkovris la veran forton kaj ligon de amikeco.

"Hodiaŭ," diris Julio, brile lumigita de la sunaj radioj, "ni superis ne nur la vojon, sed ankaŭ nin mem." Marko kaj Publio, ridante kaj konsentante, esprimis sian aprobon. Kvankam ili komence estis hezitemaj kunuloj, nun ili komprenis, ke unuiĝinte, ili povas superi ĉiujn malfacilaĵojn. Sub klara kaj trankvila ĉielo, ili portis en la koro novan esperon kaj senton de forto, pretaj alfronti ĉion, kio venos.

En Vojo

Kiam la aŭroro kolorigis montetojn kaj valojn per roza lumo, Julio kaj liaj kunuloj, Marko kaj Publio, sin dediĉis al nova vojaĝo. Kvankam laciĝintaj post la nokto, ili tenis altajn spiritojn, enspirante la grandiozecon de la naturo ĉirkaŭ ili. Nek la neĝo nek la varmo de la vojoj malinstigis ilin; sub la klara matena suno, la vojoj montris la vivon de vojaĝantoj kaj la fervoron de komerco.

Ili transiris polvajn vojojn, kiujn legianoj, trempitaj en ŝvito, faris fortikaj kaj daŭremaj. Foje, Julio kaj liaj amikoj renkontis komercajn ĉarojn, kiuj portis diversajn varojn al urboj kaj vilaĝoj. La sono de la radoj kaj la voĉoj de la bestoj, akompanataj de granda nubo de polvo, donis tipan bildon de romia vojo.

Ili alvenis al lokoj, kie kamparanoj laboris en la kampoj. Ili vidis tritikon, vinberĝardenojn, kaj olivarbojn sur la montetoj kaj en la ebenaĵoj, dum la kamparanoj kultivis la teron sub la taga ĉielo. Julio, observante la laboron de la kamparanoj, komparis la kamparan vivon kun la urba vivo.

Hazarde, ili alvenis al malgranda kaj ĉarma farmdomo. La kamparanoj, ekzemploj de simpla vivo, varme akceptis ilin, rakontante praajajn historiojn kaj sekretajn tradiciojn de la regiono. "Kiel malsama estas la vivo ĉi tie kompare kun la urbo," meditis Julio, dum simpla sed kora vespermanĝo estis preparata.

Dum la festeno estis aranĝita, kampara pano, aromata fromaĝo, kaj dolĉaj fruktoj estis metitaj sur la tablon. Inter ridoj kaj konversacioj, Julio kaj liaj amikoj diskutis kun la gastigantoj pri diversaj aspektoj de la vivo, pri malfacilaĵoj de laboro, kaj la pureco de amo. "Kiel malsamaj estas niaj vojoj," rimarkis Marko dum la konversacio, "sed kiom similaj en espero kaj revoj."

Sub stelplena ĉielo, meditantaj pri la estonteco, ili endormiĝis. La nokta silento alportis al ili diversajn sonĝojn, kiuj enradikiĝis en esperoj pri la estonteco kaj novaj planoj en iliaj mensoj. Kun la leviĝo de la suno, ili salutis novan tagon, rememorigante sin pri la polvokovritaj vojoj kaj la kampara vivo, sed ankaŭ prepariĝante por estontaj esploroj kaj atingoj.

La sekvan tagon, ili vekiĝis antaŭ nekonataj kaj malfacilaj vojoj. Vagante tra ili, aŭdace transirante riverojn, kaj foje dubante pri la ĝusta direkto, ili tamen per reciproka helpo superis ĉiujn malfacilaĵojn. "Survoje," Julio fidoplene diris, "ni lernas ne nur pri la ekstera mondo, sed ankaŭ pri ni mem."

Leĝeraj konversacioj kaj ŝercoj estis intermetitaj inter la tagaj taskoj, plifortigante la amikecon inter ili. Julio, spontanee prenante la rolon de gvidanto, provizis klarecon kaj direkton.

Alproksimiĝante al antikva urbo, ĉio aperis nova kaj miranda: imponaj konstruaĵoj, nekutimaj kutimoj, kaj diverseco de lingvoj. Vagante tra la forumo, ili lernis pri la loka arto kaj nekutimaj varoj, kaj parolis kun afablaj civitanoj. "Kiom da historioj," admiris Publio, "ni povas trovi skribitajn ĉi tie en la ŝtonoj!"

Dum Julio kaj liaj kunuloj, Marko kaj Publio, esploris la labirintojn de la antikva urbo, ili subite vidis antaŭ si malnovan templon, kies aspekto tuj kaptis ilin. La konstruaĵo, peza pro sia malnoveco kaj mistero, elspiris la senton de antikva tempo en granda silento. La pezaj pordoj, ornamitaj per skulptaĵoj kaj hieroglifoj, promesis kaŝitan saĝecon.

"Rigardu," diris Julio, kun okuloj konsciaj pri la graveco de la momento, "ĉi tien la sorto kondukis nin, al la sojlo de la antikvaj dioj." Kun tremo miksiĝinta kun respekto, ili transiris la sojlon kaj eniris la templon, kie lumo filtris tra maloftaj fenestroj. La aero estis ŝarĝita per la odoro de mistika incenso kaj la pezo de antikva memoro, kaj iliaj koroj batis kun venerado. La eĥo de iliaj paŝoj resonis en la sankta spaco, dum ili marŝis sur la antikva pavimo, ĉizita per steloj kaj mistikaj simboloj.

Ili atingis la centron de la templo, kie marmora altaro, erodita de la fluo de tempo, staris. Super la altaro, eterna flamo brulis sen iu ajn brulaĵo, signo de mistero kaj eterneco.

Subite, Julio, kun mano premita al sia frunto, estis kaptita de vizio. La ĉielo antaŭ liaj okuloj ŝanĝiĝis: steloj turniĝis en misteraj movadoj, kaj tempo antaŭ li etendiĝis kaj kuntiriĝis. Li vidis sin en diversaj momentoj de tempo, ne nur en la nuno sed ankaŭ en neklaraj estontecoj. Bildoj de amikoj, danĝeroj, kaj triumfoj fluis antaŭ liaj okuloj, ĉiu bildo ligita kun profunda senco kaj sorto. Inter ĉi tiuj vizioj, li faris mirindan malkovron: la pergameno, kiun ili trovis en Romo, estis sendita de la dioj por elkonduki Julion el la lanlavistejo kaj direkti lin sur la vojon de lia destino, kiu promesis trezoron en la vivo.

"Amikoj," flustris Julio post kiam la vizio finiĝis, "la sorto montras al ni vojon, sed ni ankaŭ formas nian propran destinon. Nia nuntempo fariĝas nia estonteco." Marko kaj Publio, kvankam ili mem ne travivis la vizion, sentis ŝanĝon en Julio. La atmosfero de la templo, nun ne nur fizika loko sed ankaŭ spegulo de internaj malkovroj, ŝajnis esti en nova lumo.

Elirante el la sankta paco de la templo, ili transiris ne nur la fizikajn limojn de la loko, sed ankaŭ la limojn de tempo kaj menso. Julio, kvankam ne plene komprenante la signifon de la vizio, sciis, ke li kaj liaj kunuloj estis sur vojaĝo ne nur fizika sed ankaŭ spirita. Kaj en ĉi tiu momento, en la malnova templo, estis markitaj ne nur eksteraj, sed ankaŭ internaj ŝanĝoj.

Restante en la urbo dum la nokto, ili esploris ĝiajn enigmojn kaj sekretojn: mallarĝajn stratojn, noktajn sonojn, ombrajn figurojn. Mikso de timo kaj scivolemo gvidis ilin ĝis ili finfine alvenis al gastejo, malpura sed tamen ofertanta rifuĝon por la nokto.

En ĉi tiu loko, plena de bruo kaj vigla nokta vivo, Julio, Marko, kaj Publio malsupreniris al tavernejo, kie ili trinkis acidan vinon kaj manĝis malmultekostan manĝaĵon. Supre, la lupanaro plenumis sian komercon, elsendante ridojn kaj lascivajn voĉojn, dum malsupre, en la tavernejo, vojaĝantoj kaj lokanoj miksis siajn rakontojn kaj ebriecon.

Zorge gardante sian monon, la amikoj iris al malpurigita ĉambro, kiun la gastejestro asignis al ili. La ĉambro, kun malmolaj litoj kaj malnovaj kovriloj, estis malproksima de komforto kaj pureco. La kontinua bruo el la lupanaro kaj la bruoj el la tavernejo malfaciligis ilian dormon, sed la laceco de la tago finfine superis ilin.

En ĉi tiu danĝera kaj malpura loko, inter la bruoj kaj minacoj de la nokto, la amikoj, kvankam malvolonte, kuŝigis siajn korpojn sur la litoj. Ili pasigis maltrankvilan nokton, foje vekiĝante pro neatenditaj sonoj aŭ suspektindaj movoj, sed tamen, sub la lumo kaj espero de nova tago, ili leviĝis, kun renovigitaj spiritoj kaj korpoj, pretaj daŭrigi la vojaĝon. La vojo antaŭ ili, kvankam nekonata kaj plena de danĝeroj, vokis ilin, kaj armitaj per amikeco kaj reciproka fido, ili paŝis en la novan lumon.

Cirka Devio

En sunplenaj kampoj, sub vasta blua ĉielo, Julio kaj liaj kunuloj, Marko kaj Publio, daŭrigis sian vojon. La suno brile radias en la alta ĉielo, kaj milda brizo, kvazaŭ kareso de la ĉielo, tuŝas iliajn vizaĝojn. Dum ili malrapide marŝas laŭ la vojo, subite iliajn orelojn atingas dolĉaj sonoj de muziko kaj malproksimaj ridoj. Gvidataj de scivolemo, ili direktas siajn paŝojn al la fonto de la sonoj kaj, jen, antaŭ ili aperas miranda vidaĵo: ili malkovras vagantajn artistojn sur la vojo. La artistoj, vestitaj en diverskoloraj kaj ornamitaj kostumoj, progresas tra la kampoj kun ridoj kaj muziko, kvazaŭ ili estus prismo de koloroj kaj ĝojo.

"Kio estas tio?" demandas Marko, kun larĝe malfermitaj okuloj, plena de admiro. "Mi ne scias," respondas Julio kun rideto, "sed kio ajn ĝi estas, ĝi certe ŝajnas miranda. Ni iru pli proksimen kaj rigardu!" Kiam ili alproksimiĝas al la loko de la spektaklo, la ĉirkaŭantaj homoj ilin akceptas kiel rivero, rapide enmiksante ilin en la homamason. La spektaklo jam estas en plena svingo, la scenejo plena de koloroj, sonoj, kaj ĝojo. Julio kaj liaj kunuloj, inter multaj ridoj kaj admiraj rigardoj, observas la mirindan variecon de agoj.

Subite, aktoro el la vagantaj histrionoj, figuro plena de rido kaj vivemo, elektas Julion el la homamaso. "Venu, amiko!" li laŭte vokas, afable etendante la manon. Julio, komence hezitema sed baldaŭ ekscitita, kvazaŭ de magia forto gvidata, estas tirata en la mezon de la areno. "Kion mi devas fari?" demandas Julio, inter timo kaj ekscito. "Ridu kaj sekvu min!" respondas la ĝoja aktoro. Kaj tiel, Julio, gvidata de la sorto, enplektiĝas en nekutiman kaj ĝojan ludon. Li dancas kun la artistoj, improvizas ŝercojn, kaj la homamaso, kun granda rido kaj aplaŭdo, festas la novan aktoron. Julio, nun konfuzita sed entuziasma, post la ludo eliras el la areno kvazaŭ venkinto.

"Bonege!" ekkrias liaj kunuloj, per voĉo plena de ĝojo, "vi elstaris!" Kiam la spektaklo alvenas al sia fino, la artistoj amike invitas ilin al vespermanĝo. Inter diversaj kaj ekskvizitaj pladoj kaj dolĉa vino, ili lernas multon pri la vaganta vivo, pri la artoj de la aktoroj, pri la misteroj de libereco kaj ĝojo.

Ili pasigas la nokton inter rakontoj, ridoj, kaj novaj amikecoj, dividante siajn korojn kaj animojn. "Tiel diversa estas la vivo," diras Julio en profunda meditado, milde lumigita de la tendaraj fajroj, "neniam antaŭ ĉi tiu nokto mi pensis, kiom da libereco kaj ĝojo povas esti trovitaj en vagabonda vivo kaj en liberaj artoj." "Estas vere," gravmiena respondas la majstro de la histrionoj, "nia vivo konsistas el laboroj kaj oferoj. Ĉiuj ĉi tiuj mirindaĵoj, kiujn vi rigardas, naskiĝas el konstanta kaj malfacila laboro."

Sub la spertaj manoj de la vagantaj aktoroj, Julio kaj liaj kunuloj lernas la arton de ĵonglado, funambulismo, kaj rajdado. Marko, kun ĵonglobuloj flugantaj kun nekredebla lerteco, vekas la admiron de la spektantoj. Publio, gracie marŝante sur la maldika ŝnuro, ricevas ridojn kaj aplaŭdojn. Julio, komence hezitema sed kun kreskanta fido, sidiĝas sur la dorso de ĉevalo kaj ŝajnas establi mirindan ligon kun la besto.

Enmergite en ĉi tiu nova kaj mirinda kulturo, plenaj de ĝojo kaj amo al la arto, Publio, en ekscito, ekkrias: "Kiel grandioza estas ĉi tiu sperto! Kiom multon ni ĉi tie lernas!"

Subite, dum ili ĝuas la ludon, Julio, vestita per cirka kostumo, komike falas. Ĉiuj ĉirkaŭantaj ridas, sed el ĉi tiu humura okazaĵo ne nur ĝojo, sed ankaŭ profunda saĝo naskiĝas. "Konsideru," instruas la saĝa maljunulo de la cirko, "en la vivo, kiel en la cirko, ni falas, sed ni reeleviĝas. La plej alta virto ne estas neniam fali, sed ĉiam releviĝi post falo."

Kiam la tumulto kaj ridoj ĉesas, kaj ili lernis de la falado, ili pli bone komprenas la profundan signifon de la cirka arto kaj de la vivo, kaj la amikeco, kiu en malfacilaĵoj vere montriĝas.

Daŭrigante sian vojaĝon, nokte sub klaraj steloj, ili pripensas la profundan signifon de amikeco kaj libereco. "Vera amikeco," profunde diras Julio, "estas kiel la steloj en la nokto. Ĝi ne ĉiam videblas, sed ĝi ĉiam estas tie, fidinda kaj neŝanĝebla."

Neatendita danĝero renkontas la vojaĝantojn sur ilia vojo, sed Julio kaj liaj kunuloj, armitaj per la disciplino de la cirko, repuŝas la malamikojn kaj lerte superas la danĝeron.

Dirante adiaŭon al la cirka familio, inter larmoj kaj ridoj, ili adiaŭas. "Via memoro," diras Julio, plena de afekcio, "ĉiam restos en niaj koroj, kaj ni estos dankemaj por la vivo-lecionoj, kiujn vi al ni donis."

Kun nova spirito kaj celkonfirmo, ili fervore daŭrigas sian vojaĝon. Sub la ĉielaj lumoj, ili revokas memorojn de tiu nokto, meditantaj pri estonta vivo kaj feliĉo, plenaj de espero kaj novaj revoj sur sia vojo.

"Tiel estas la vivo," pripensas Marko, "vojaĝo plena de ĝojo, amo, danĝeroj, kaj fortaj amikecoj. Ho, kiel mirinda estas la kurso de ĉi tiu vivo!"

Kaj sub la vasta stelplena ĉielo, plenaj de espero kaj novaj revoj, ili kuraĝe antaŭeniras al estontaj aventuroj.

Nekutima Reveno

Post kiam Julio, Marko kaj Publio renkontis la vagantajn histrionojn en la kamparo, ilia vojaĝo prenis nekutiman turnon. Ĉarmitaj de la spektakloj kaj mirindaj artoj, ili pasigis nokton sub la steloj kun la aktoroj, dividante rakontojn kaj revojn. Sed kiam la tagiĝo alportis novan tagon, neatendita mesaĝisto alvenis, ŝanĝante la vivon de Julio.

La mesaĝisto, pala kaj laca kuriero, kvazaŭ sendita de la dioj, trovis Julion kaj liveris al li leteron. La letero, skribita de malnova amiko el Romo, anoncis gravan akcidenton en la familio de Julio. Lia patrino, forta kaj plena de spirito, estis grave malsana, kaj ŝia stato estis necerta. Kvazaŭ respondante al voko de la ĉielo, la kuriero, gvidata nur de destino, estis rekte sendita al Julio, kies ĉeesto hejme tuj bezoniĝis.

La koro de Julio, leginte la leteron, sentiĝis peza en lia brusto. Liaj amikoj, vidante la malĝojon en lia vizaĝo, tuj komprenis ke necesas ŝanĝo en ilia vojaĝo. "Ni devas reveni al Romo," diris Julio per rompita voĉo. "Mia familio vokas min, kaj mi devas respondi al tiu voko."

Marko kaj Publio, sen hezito, esprimis sian subtenon. "La ligilo de amikeco," ili diris, "estas provata ne nur en bonaj tempoj, sed ankaŭ en malfacilaĵoj. Ni estas kun vi, Julio."

Do, kun peza koro sed klara celo, Julio kaj liaj kunuloj forlasis la vivon de la histrionoj kaj la liberecon de la kamparo, por reveni al Romo kiel eble plej rapide. Ilia vojaĝo, iam plena de aventuroj kaj esplorado, nun estis markita de zorgo kaj urĝeco.

Dum pluraj tagoj kaj noktoj, ili rapidis tra kampoj kaj vilaĝoj, farante nur la plej necesajn haltojn. Kvankam la vojo estis longa kaj malfacila, la amo kaj zorgo por lia familio subtenis Julion, kaj la fido de liaj amikoj provizis lin per forta spirito.

Finfine, post elĉerpa vojaĝo, ili atingis la pordegojn de Romo, tuj sentante la grandiozecon kaj tumulton de la urbo. Sed ĉi tiu reveno ne estis kiel ili iam revis: ne triumfa nek nova esplorado, sed reveno plena de zorgo kaj amo.

En la muroj de Romo, Julio kaj liaj kunuloj eniris la urbon, ne plu kiel liberaj vojaĝantoj, sed kiel filo kaj amikoj rapidantaj por helpi. Sed eĉ en ĉi tiu tempo de neceso, ilia spirito restis netuŝita; ili rapidis tra la stratoj kaj mallarĝaj vojoj de la urbo, kiujn ili bone konis, al la domo de Julio, kie lia malsana patrino atendis.

Subite, sur la strato, Julio ekkrias: "Kion ni faras ĉi tie, amikoj? Kial ni alvenas tiel malfrue?" Marko respondas: "Rapidu, Julio! Ne estas tempo por prokrasto!" Kaj Publio, ĉiam la ŝercemulo, aldonas: "Se kuri ne sufiĉas, ni lernu flugi!"

Kvankam Julio deziris travojaĝi la mondon, nun li komprenis, ke la veraj vojaĝoj ne ĉiam temas pri nekonataj landoj, sed pri la koro kaj hejmo. Sub la lumo de Romo, kun siaj fidindaj amikoj ĉe sia flanko, Julio malfermis novan paĝon de sia vivo, preta alfronti ĉiujn ŝtormojn de amo kaj familio.

Kunveno Amara

En la vastaj kaj labirintaj stratoj de la urbo, Julio sola paŝas, lia animo mergita en profundajn pensojn. Marŝante tra la antikvaj vojoj, li sentas la ŝtonajn pavimojn sub siaj piedoj, kiuj flustras la historiojn de jarcentoj. La aero estas malvarma, sed lia menso brulas per la memoroj de la pasinteco kaj la demandoj de la estonteco. La nokto kovras la urbon Romon, kaj ĝia silento resonas kun la soleco de Julio.

Post kiam li rapidis al Romo, Julio ĉeestis sian malsanan patrinon, sed, malgraŭ sia zorgo kaj amo, la neevitebla sorto okazis. Lia patrino, virino forta kaj animplena, forpasis, lasante Julion en profundaj abismoj de doloro kaj soleco. Nun, post la funebraj ceremonioj kaj lastaj ritoj, li vagas sole tra la vasta urbo, lia koro pezita de malĝojo kaj kulpo.

Liaj necertaj paŝoj kondukas lin al lokoj plenaj de memoroj, lokoj kiuj vidis kaj la ĝojojn kaj la larmojn de lia familio. Subite, li trovas sin sur stratoj, kie li iam marŝis kun sia patrino, feliĉaj memoroj batalantaj kontraŭ la nuna amareco. Iam, ĉi tiuj vojoj resonis per ridoj kaj malpezaj konversacioj; nun, nur la silento de Julio kaj la flustroj de la vento akompanas lin.

Lia koro, disŝirita inter la pasinteco kaj la estonteco, serĉas konsolon, sed ĝi restas neatingebla. Ĉiuj anguloj de la urbo, iam plenaj de vivo kaj varmeco, nun ŝajnas malplenaj kaj malvarmaj. Homoj moviĝas ĉirkaŭ li, sed kvazaŭ tra vualo, distancaj kaj neklaraj. Julio iras inter ili, sed li ne apartenas al ili; doloro lin separis de la tumulto de la vivo.

En sia menso, demandoj sen respondoj turniĝas: "Kion mi nun faru? Kien mi iru?" La morto de lia patrino ne nur senigis lin je gepatro, sed ankaŭ forprenis la direkton en lia vivo. La estonteco, kiu iam ŝajnis plena je eblecoj, nun ŝajnas necerta kaj malluma.

Julio alvenas al malnova ponto, kie la rivero Tibero fluas trankvile sub la lumo de la luno. Starante ĉe la bordo, li meditas pri la movado de la akvo, kiu, kiel la vivo, fluas kaj senĉese ŝanĝiĝas. Larmoj, longe subpremitaj, fine fluas, rompante la noktan silenton.

Sed en ĉi tiu momento de ekstrema doloro, li ne sentas sin tute forlasita. La memoroj pri lia patrino, ŝiaj vortoj kaj amo, reviviĝas en lia menso; kvankam ŝi estas for, ŝia spirito kaj ekzemplo restas kun Julio. Ĉi tiu penso, kvankam eta sparko de konsolo, komencas forigi la mallumon en lia animo.

Kvankam la nokto ankoraŭ regas, Julio sentas sin parto de pli granda historio, historio ne nur de sia familio, sed ankaŭ de ĉi tiu antikva urbo, kiu vidis multajn dolorojn kaj amojn antaŭ li. Li staras, levas la kapon, kaj rigardas al la stelplena ĉielo, sentante sin parto de pli vasta universo, kies misteroj, doloroj, kaj ankaŭ amoj kaj renoviĝoj li komencas kompreni.

Kun la unua aŭroro, nova tago leviĝas en la urbo, kaj kun ĝi, sento de nova vivo kaj novaj komencoj. Julio, ankoraŭ portante sian malĝojon, nun ankaŭ portas novan esperon en sia koro, decidante vivi laŭ la memoro de sia patrino kaj sekvi ŝiajn ekzemplojn. Li paŝas tra la stratoj de la urbo, ne plu vaganto, sed vojaĝanto kun celo, preta alfronti la novajn tagojn kaj aventurojn, kiujn la vivo proponas al li.

Subite, kvazaŭ gvidata de sorto, liaj okuloj fiksiĝas sur figuro, kiu ŝajnas kvazaŭ el alia tempo: virino kun reĝa sinteno kaj natura nobleco, sola iranta tra la homamaso. Ŝi estas Cornelia, vizio de malofta beleco, kies hararo, brile ora, ŝajnas flami sub la suno, dum ŝiaj bluaj okuloj brilas kiel la trankvila maro. Julio, tuj kaptita en la koro kaj kvazaŭ ligita per nevideblaj katenoj, direktas siajn paŝojn al ĉi tiu aperaĵo, lia koro batante kiel milita tamburo.

Li alproksimiĝas al ŝi kun iom da respekto, kvazaŭ alproksimiĝante al sankta altaro, kaj salutas per tremanta sed esperplena voĉo: "Saluton, sinjorino! Mia nomo estas Julio. Kiu vi estas, ho dia vizio?" Cornelia, kies fiero estas tiel reĝa kiel ŝia aspekto, rigardas lin per okuloj kiujn frapas la malvarmo de arkta maro, kaj respondas per voĉo simila al vintraj ventoj: "Saluton, Julio. Mi estas Cornelia. Kion vi serĉas de mi en ĉi tiu urba krepusko?" Ŝia voĉo, kvankam malvarma kaj distanca, havas melodion kiu vibras en la aero kaj tuŝas la animon de Julio.

Julio, kvankam tuŝita de la malvarmo de ŝiaj vortoj, ne malkuraĝiĝas; anstataŭe, li sentas sin des pli instigita, kiel gladiatoro en la areno, kiu akceptas defion. Li provas konstrui ponton per vortoj: "Mi vagas en ĉi tiu urbo kaj serĉas havenon de amikeco. Ĉu vi, ho Cornelia, povus gvidi min tra la labirintoj de ĉi tiu urbo, montrante al mi ĝiajn kaŝitajn belecojn?" Cornelia, nun ruliĝante siajn okulojn kvazaŭ pezante la sarcasmojn de la mondo, demandas en tono, kiu malkaŝas miksaĵon de scivolemo kaj malestimo: "Kial mi, nekonato, devus provizi solvon al via soleco? Kiom da malsaĝuloj venis al mi antaŭ vi? Ĉu vi estas nur alia el ili?"

Ŝia akra demando trafas Julion, sed ne kiel glavo, pli kiel stimulo defii, kiun li akceptas kun forta spirito. Starante rekte, kun okuloj plenaj de determino, li respondas: "Tute ne, sinjorino, mi ne estas nek malsaĝulo nek vagabondo, sed esploristo de vero kaj beleco en ĉi tiu fremda urbo." Cornelia, iomete moviĝita, elsendas maldikan rideton, kiu similas al la unua lumo de aŭroro en la nokta mallumo. "Ni do iru," ŝi diras, "sed mi avertis vin: mia pacienco estas tiel fragila kiel glacio sub la suno." Julio, kvankam interne turbata, esprimas dankon kaj pense diras al si mem: "Eble ne ĉio estas perdita en ĉi tiu entrepreno." Kaj tiel komenciĝas ilia promenado tra la stratoj de la urbo, sub la ombro de la krepusko, kie ĉiu rakonto kaj eraro komenciĝas kaj finiĝas.

En la vastaj stratoj de la urbo, Julio, ne perdante esperon, provas pluigi la konversacion: "Mi estas nova en ĉi tiu urbo kaj serĉas amikojn. Eble vi povus montri al mi kelkajn belajn lokojn?" Cornelia ruliĝas siajn okulojn kaj respondas: "Kial mi devus helpi vin? Mi jam vidis multajn malsaĝulojn en ĉi tiu urbo. Ĉu vi estas nur alia el ili?" Ŝiaj vortoj trafas Julion, sed li ne retiriĝas.

"Ne," respondas Julio, "mi ne estas malsaĝulo, mi vere volas esplori ĉi tiun urbon. Se vi ne volas helpi, mi komprenas." Cornelia mallonge silentas, poste eligas maldikan rideton. "Ni iru al trinkejo," ŝi diras, "sed mi avertas vin, mia pacienco estas mallonga." Julio, kvankam iomete konfuzita, dankas kaj pensas al si: "Eble ne ĉio estas perdita."

En la trinkejo, Julio kaj Cornelia drinkas vinon. Hazarde Julio verŝas sian pokalon super Cornelia. "Mia plej granda kulpo!" li ekkrias, serĉante tukon. Cornelia, kolera, leviĝas kaj ekkrias:

"Malsaĝulo! Ĉu vi ĉiam estas tia?" Julio ruĝiĝas kaj respondas: "Mi bedaŭras, vere mi ne intencis..."

Sed kiam iliaj amikoj ne povas reteni siajn ridojn, la atmosfero iom post iom ŝanĝiĝas. Cornelia, apenaŭ retenante sian ridadon, diras: "Eble vi ne estas tute senhumura." Dum la nokto progresas, la konversacio fariĝas pli malpeza. Julio kaj Cornelia parolas pri la vivo, revoj, kaj ridindaj aferoj. Julio rakontas pri siaj esperoj kaj zorgoj, Cornelia pri siaj deziroj kaj timoj.

Inter ili naskiĝas reciproka kompreno. Julio malkovras, ke Cornelia ne estas tiel malmola kiel li unue pensis; Cornelia rimarkas, ke Julio estas pli profunda ol ŝi supozis. Dum la nokto progresas, ili sidas sub la nokta ĉielo. Julio diras, "Mi ofte pensas pri la vivo kaj la universo, kaj vi?"

Cornelia, post mallonga silento, respondas: "Mi ankaŭ. Mi ofte demandas min, kio estos, kion la vivo alportos." "Ĉu vi havas grandajn revojn?" demandas Julio dolĉe. Cornelia, iom hezitante, fine malfermas sin: "Mi havas revojn, sed mi timas, ke mi ne povos realigi ilin."

Julio, kortuŝita, prenas ŝian manon milde kaj diras: "Ĉiuj ni timas, sed revoj gvidas nin tra la mallumo. Se ni helpas unu la alian, eble ni povas superi ĉion." Cornelia, kun nova respekto en siaj okuloj, respondas: "Eble, eble ne ĉiuj en ĉi tiu urbo estas malsaĝaj aŭ senkapablaj."

Profunda kaj sincera konversacio portas ilin tra la serena nokto. Inter steloj kaj vino, ridoj kaj seriozaj interparoloj, Julio kaj Cornelia trovas novan amikecon, reciprokan komprenon kaj respekton. Kiam la nokto alproksimiĝas al sia fino, ambaŭ sentas ŝanĝon inter si. Ili transiris de maldolĉa renkonto al dolĉa kuneco. Kaj, kvankam la estonteco estas neklara, nun ili scias, ke ili ne iras solaj en ĉi tiu granda urbo.

"Cornelia," diras Julio, "mi dankas vin pro ĉi tiu nokto. Ĝi multe signifis por mi. Sed mi devas konfesi ion al vi. Mi ne estas fremdulo en ĉi tiu urbo, kiel mi diris komence. Ĉio ĉi estis ruzo, por pasigi tempon kun vi." Cornelia, unue ŝokita, rigardas lin, ne certa kion senti. "Do ĉio estis trompo? Kiu vi vere estas?"

Julio, malsuprenrigardante, iomete ruĝiĝas. "Mi konfesas, ke mi trompis vin. Sed mi petas, ke vi ne juĝu min nur laŭ tio. Kiam mi diris, ke mi estas 'trompisto', mi ne celis profesion, sed parto de mia pli ludema naturo." Cornelia, unue provokita al kolero, iom post iom trankviliĝas. "Julio," ŝi diras, "kial vi trompis min? Sincereco estas ĉiam pli bona." Sed, ŝia kolero moliĝinte, ŝi ridetas. "Sed mi vidas, ke ne ĉiuj en Romo estas malsaĝaj aŭ senutilaj; eĉ trompistoj povas fariĝi amikoj."

Kiam la steloj paliĝas kaj la aŭroro proksimiĝas, ili marŝas tra la silentaj stratoj, esplorante novan amikecon. "Cornelia," Julio denove komencas, "mi agnoskas, ke mi en la komenco trompis vin, sed mia vera intenco estis koni vin pli bone." Cornelia, milde tenante lian manon, respondas: "Mi komprenas, Julio. Kaj mi dankas vin pro via sincereco. Neniu estas sen kulpo, ĉu en Romo aŭ aliloke."

Kiam la unua suno leviĝas, Julio kaj Cornelia lasas la stratojn de la urbo, ne kiel du fremduloj, sed kiel du amikoj, kiuj kune malkovris la sekretojn kaj ŝercojn de la eterna urbo. Dum tiu nokto, inter interparoloj kaj silentoj, inter ridoj kaj malkaŝoj, nova ligilo naskiĝis inter ili. En la nekonata estonteco, ili havas unu certecon: amikecon, kiu baziĝas sur sincereco kaj homaro. Kaj kvankam ili ne scias, kion morgaŭ alportos, ili scias, ke ili ne marŝas solaj en la vasta urbo, sed ke ili trovis lumon en la mezo de la urba labirinto.

Amo Inter la Homamasojn

En certa varma tago, Julio kaj Cornelia promenis tra la urbo. La suno estis alta en la ĉielo kaj plenigis la stratojn per varmego. En ĉi tiu fervora urbo, tumulto ĉirkaŭis ilin.

Surstrate, Julio diris al Cornelia: "Vidu, kiel turbula ĉi tiu urbo estas. Sed kun vi, ĉio ŝajnas pli trankvila." Cornelia, tenante lian manon, respondis: "Ankaŭ por mi. Kun vi, miaj timoj malpliiĝas."

Dum ili daŭrigis sian vojon tra la stratoj, la tumulto kreskis. Homoj kuris, kriis, kaj insistentaj almozuloj ĉirkaŭis ilin. Julio firme tenis la manon de Cornelia. En la kaoso, Cornelia serĉis rifuĝon ĉe Julio, plena de timo pro la insistentaj almozuloj. "Ne timu," Julio flustris, "mi estas kun vi." Li gvidis ilin al trankvila angulo, kie, meze de la konfuzo, ili ĝuis momenton de paco. Subite, Julio donis kison al Cornelia, ilia amo klare videbla meze de la sonoj de la urba konfuzo.

Kiam ili alvenis al la vilao de la amikoj de Cornelia, ĉiuj rimarkis ilian proksimecon. Sed kiam Cornelia ne aŭskultis, la amikoj komencis rideti kaj murmuri. "Ĉu vi vidas Julion kaj Cornelian?" diris unu amiko, "De lavisto al nobeleco, kia ŝanĝo!" Alia ridetis: "La amo de Julio kaj Cornelia? Ĝi estas nur ludo! Li alportis al ni laviston!" La konversacio poste turniĝis al pli seriozaj temoj. "Kion vi pensas, kion ŝia patro, la senatano, opinios pri ĉi tio?" demandis alia, "Ĉu ne li iam humiligis Julion en nia malriĉa kvartalo?"

Alia amiko, iom pli malkaŝa pro la vino, aldonis: "Certe, tiun tagon, kiam Julio verŝis urinujon sur sin, la senatano furiozis. Li preskaŭ sendis Julion en sklavecon!" La rido inter ili kreskis. "Imagu, se la senatano eksciŭs, ke lia filino nun pasigas tempon kun tiu lavisto. Ĉu tio estus la speco de puno, kiun li imagis?"

Iu el ili pripensis, "Eble por la patro de Cornelia plej zorgiga ne estas Julio mem, sed la fakto, ke lia filino elektas viron de tia malsameco. Lavisto kiel edzo – kia historio por la romaj kronikoj!" Alia murmuris: "Ĝi estas vera, kaj kio pri Julio? De la truoj de lavistejo al la haloj de nobeleco – vere Romia rakonto!"

Inter tiuj interparoloj, la konversacio turniĝis al la patro de Cornelia kaj liaj eblaj reagoj. "Neniu dubo," diris unu, "la senatano estas granda kaj severa, sed li amas sian filinon. Eble, se Cornelia vere amas Julion, li ne povos kontraŭstari." Alia aldonis: "Sed en la historio de la senatano, neniam estis aŭdita tia skandalo. La plej nobela filino kun lavisto! Kion la popolo diros?"

Kaj kvankam ridetoj kaj rakontoj estis interŝanĝitaj inter ili, ĉiuj interne volis scii, kio okazos inter Julio, la humila lavisto, kaj Cornelia, la filino de la senatano. Kiel mirinda estas Romo, kie amo kaj socia statuso estas en eterna konflikto. Tamen, meze de ĉi tiuj diskutoj, Julio kaj Cornelia, nekonsciaj pri tio, kion iliaj amikoj sekrete diskutis, estis kontentaj en sia feliĉo kaj nova amo, pretaj superi ĉiujn malfacilaĵojn, eĉ se la tuta Romo rigardus ilin.

En la festo, malgraŭ la ridetoj, Julio kaj Cornelia dancis kune, forgesante ĉion alian. La muziko, la steloj, kaj iliaj ridoj plenigis iliajn korojn, sed ili ne povis eviti la ridetojn de siaj amikoj. La konversacio inter la amikoj de Cornelia fariĝis pika, plena de envio kaj malbonvolemo, sed Julio kaj Cornelia estis en sia propra mondo, dividante siajn amon kaj revojn.

Post la festo, Julio, havante sekreton, foriris por prepari donacon por Cornelia. Kiam li revenis, li tenis malgrandan skatolon. "Cornelia," li diris, "ĉi tio estas por vi." Cornelia malfermis la skatolon kaj trovis ene la plej belan ornamaĵon. "Ho Julio!" ŝi ekkriis, "kiom bela ĝi estas!" "Tia estas mia amo al vi," respondis Julio.

Cornelia, kortuŝita, ĉirkaŭbrakis lin. "Kaj mi ankaŭ amas vin, Julio. Ĉiam." Ignorante la murmurojn de la amikoj, ŝi tute dediĉis sin al la amo de Julio.

Tiun nokton, sub la klara lumo de la luno, Julio kaj Cornelia flustris promesojn kaj ĵurojn. "Mi ĉiam estos kun vi," diris Julio. "Kaj mi kun vi," respondis Cornelia, "en ĉiuj vivoj." Kvankam la amikoj mokis, ilia amo restis forta. En mondo plena de kaoso kaj tumulto, en iliaj koroj, paco kaj amo regis. Inter malicaj lingvoj kaj sinceraj sentoj, ilia vivo kune progresis, kaj amo ĉiam estis ilia gvidanto kaj lumo.

Sekretaj Aŭditaĵoj

En la romana urbo, sub serena ĉielo, Julio promenis tra la stratoj. La luno brile lumis en la ĉielo, kaj la vojoj estis trankvilaj. Sed kiam li atingis malluman angulon, li aŭdis flustrantajn voĉojn. Julio, scivola, alproksimiĝis kaj trovis du virojn parolantajn en la ombro. "La imperiestro... konspiro... morgaŭ..." li aŭdis unu el la viroj flustri. Lia koro komencis rapide bati.

Plenigita de timo, Julio kuris al siaj amikoj. Li trovis ilin en trinkejo, kie ili ĝuis multe da vino kaj ridoj. Sed Julio, serioza, diris, "Amikoj, mi devas diri al vi ion gravan." Liaj amikoj, vidante la esprimon de Julio, tuj komprenis ke io grava okazis. "Kio estas, Julio?" demandis Marcus.

Julio, profunde spirante, rakontis la tutan intrigon. "Mi aŭdis du virojn parolantajn pri komploto kontraŭ la Imperiestro." Liaj amikoj, komprenante la gravecon de la situacio, tuj serioziĝis. "Kion ni faros?" demandis Lucia, la plej saĝa el ili. Julio, decidita, respondis, "Ni devas agi. Ni devas savi la Imperiestron."

Tiun nokton, sub la arĝenta lumo de la luno, Julio kaj liaj kompanoj sekrete eniris la vilao de la konspirantoj. Ĉio ĉirkaŭ ili kuŝis en nokta silento, sed sento de danĝero pendis en la aero. La vasta vilao, malnova kaj sinistra, minace staris antaŭ ili, ĝiaj mallumaj fenestroj kvazaŭ malplenaj okuloj rigardantaj en la nokton. Interne, ili trovis ombrojn kaj silenton, sed ankaŭ senton de alproksimiĝanta malbono.

Ili moviĝis tra la malnova vestiblo, kun la plankoj mallaŭte krakantaj sub iliaj paŝoj, uzante la malfortan lunlumon kiel sian gvidilon. Mallumaj koridoroj kondukis ilin al diversaj partoj de la domo, kie ili singarde esploris kaŝitajn dokumentojn kaj sekretajn indicojn, en kaŝitaj skatoloj kaj malproksimaj anguloj. Sed dum ili serĉis tiujn sekretojn, ili subite aŭdis sonon: la paŝojn de armitaj gardistoj.

Kun koroj rapide batantaj, Julio donis signalon, kaj ĉiuj frostiĝis en la ombro. La gardistoj, portante lanternojn, preterpasis proksime, nekonsciaj pri la entruduloj en la mallumo. La kompanoj, spirante senbrue, sentis la tension de la momento, antaŭ ol ili denove, kvazaŭ ombroj, moviĝis tra la antikvaj vojoj de la vilao, apenaŭ eskapante.

Eskapinte tra la malantaŭaj pordoj, ili enspiris la malvarman nokton, iliaj koroj ankoraŭ rapide batis. Sed ilia libereco estis mallonga; la konscio pri la peza ŝarĝo de la sekretoj, kiujn ili ĵus malkovris, premis ilin. Ili trovis sekuran kaŝejon, kie, sub la lumo de falanta stelo, ili diskutis siajn sekvajn paŝojn. Julio, kun grava vizaĝo kaj brulantaj okuloj, diris, "La vivo de la imperiestro dependas de ni; ni devas lin savi, por ke la tuta Imperio ne falu en ĥaoson."

La kompanoj, kolektitaj ĉirkaŭ li, iluminataj de la lumo de la luno kaj steloj, sentis la gravecon de la momento. "Ni estas kun vi, Julio," Marcus, kun revigligita spirito, asertis. "En bono kaj en malbono, ni staras kune." Iliaj vortoj, kvankam flustritaj, portis forton kaj decidon.

Dum la tuta nokto, kun plej granda diligento kaj zorgema planado, ili pretis malkaŝi la komploton kaj protekti la Imperion. Iliaj armiloj pretaj kaj mensoj fokusitaj, la mallumo de la nokto kaj la silento de la urbo ĉirkaŭis ilin, kvazaŭ predantoj antaŭ la fina salto.

Kiam ili alvenis al la imperiestra palaco, la ekstera mondo ŝajnis oferti falsan pacon kaj trankvilecon. La ĉielo, ornamita de senfinaj steloj, montris la belecon de la naturo, kiu ŝajnis kontraŭi la tumultojn de homaj aferoj. Sed Julio kaj liaj kunuloj sciis, ke sub ĉi tiu masko de paco, kaŝiĝis la danĝero de morto kaj perfido.

"Nun," Julio flustris, klinante sian kapon al la pordegoj de la palaco, "estas tempo por agi, ne nur por Romo, sed ankaŭ por la tuta homaro." Iliaj paŝoj, kvankam singardaj, estis decidaj, kvazaŭ novaj paĝoj de historio estus skribataj. Ili eniris la mallumon, gvidataj ne nur de la lumo de espero, sed ankaŭ de fido, pretaj alfronti kio ajn atendas ilin en la kaŝitaj anguloj de la palaco.

La Savo de la Imperiestro kaj la Eraro de la Sorto

Kiam la mallumo de la palaco envolvis ilin, Julio kaj liaj kunuloj, gvidataj de espero kaj fido, kaŝiĝis en la internaj ĉambroj de la imperio. En la silento de la nokto, inter la ombroj, ili trovis la lokon kie la Imperiestro, nekonscia pri la alproksimiĝanta danĝero, ripozis. Sen hezito, Julio, kun koro plena de aŭdaco, aliris la dormoĉambron de la Imperiestro. Li preterpasis la dormantajn gardistojn kaj malatentajn viglantojn, kaj, tre singarde malfermante la pordon, alvenis al la flanko de la Imperiestro. "Imperiestro," li flustris, "imminenta danĝero minacas."

La Imperiestro, vekita de la voĉo, subite malfermis la okulojn kaj fikse rigardis Julion, nekonatan viron. "Kiu vi estas?" li angore demandis. Julio, kun klareco kaj rapideco, respondis ke li estas nur nobla civitano de Romo, kaj malkaŝis la komploton kaj esprimis la urĝecon de ago.

Dum Julio kaj liaj kunuloj gvidis la Imperiestron al sekura loko, tumulto ekis ekster la dormoĉambro: la konspirantoj, rimarkinte ke iliaj planoj malsukcesis, furioze enŝtormis la palacon. Sed ili alvenis tro malfrue; la Imperiestro jam estis en sekureco.

Tra sekretaj vojoj kaj mallumaj koridoroj, Julio kaj liaj kunuloj, kun la Imperiestro inter ili, eskapis el la palaco, lasante konfuzitajn gardistojn kaj seniluziigitajn konspirantojn malantaŭe. Ili alvenis al sekura loko, ĉirkaŭita de fidelaj soldatoj. Tie, la Imperiestro, nun sekura, demandis al Julio kaj liaj kunuloj, "Kiu vi estas, vi, kiuj savis mian vivon?"

Julio, movita de humileco, respondis, "Ni estas nur civitanoj, kiuj amas Romon kaj ĝian reganton. Ni ne serĉas gloron, sed nur volas servi." La Imperiestro, tuŝita de tiuj vortoj, rigardis Julion kun malfacila kredo, kvazaŭ demandante ĉu vere tiaj viroj ankoraŭ ekzistas en lia Romo. "Al vi," li diris kun pezo, "la civito ŝuldas pli ol ĝi povas scii. Mi promesas ke mi neniam vin forgesos."

Kiam la sekureco de la Imperiestro estis certigita kaj granda danĝero evitita, Julio kaj liaj kunuloj, laŭditaj kiel savantoj de la Respubliko, revenis al la urbo, envolvita en la silento de la nokto. Sed survoje, Julio ne povis eviti rideton, kiam unu el la preterpasantoj, rekoninte lin pro lia makulita tuniko, ekkriis: "Jen! La heroo de Romo, nia savanto, kies vestoj eĉ timon makulis!"

Ilia kuraĝo rapide disvastiĝis tra ĉiuj anguloj de la urbo kiel vento. Sed famo, kiel ofte okazas, portas ne nur laŭdojn, sed ankaŭ ŝercojn. En anguloj kaj trinkejoj, rakontoj kreskas: "Ĉu vi aŭdis pri Julio, kiu sola venkis leonon en la palaco?" aŭ "Oni diras, ke Julio povis flugi!" Kaj en alia angulo: "Julio? Ho, tiu, kiu elprenis la lunon el la ĉielo por povi legi nokte!"

Kun famo venas konfuzo kaj misinterpreto; ĉar iliaj agoj, transdonitaj de buŝo al orelo, estas pligrandigitaj, torditaj, ĝis ili floras en nekredeblajn rakontojn. Julio, aŭdante ĉi tion, simple skuis la kapon kaj ridis, sciante ke la vero estas multe pli simpla, multe pli homa.

En la trinkejo, kie Julio kaj liaj kunuloj festas, civitanoj alproksimiĝas al ili, dankante kaj aldonante siajn proprajn fablaĵojn. "Oni diras, ke vi venkis flugantan drakon!" ekkrias ebria civitano, dum Julio nur rigardas la vinon en sia glaso. "Ah," respondas Julio, "se drakoj estus tiel facile venkeblaj kiel noktaj intrigoj!"

Dum la nokto progresas kaj la vino fluas, Julio kaj liaj kunuloj komencas ridi inter si, ne nur pri la absurdaj famoj, sed ankaŭ pri la mirinda kapablo de homoj konfuzigi heroismon kaj ĉiutagan vivon en la sama rakonto. Kaj kiam nova tago alvenas, kun la unua lumo de la suno, Julio, ankoraŭ ridetante, rigardas al la ĉielo, murmure dirante, "Eble la heroo de ĉiu estas la rakonto, kiun li kredas pri si mem."

En la angulo de la trinkejo, en la mallumo, Julio kaj liaj kunuloj ĝuas la silenton de la nokto, pripensante la sekreton, kiu konservis la sekurecon de la urbo. "Kio nun, Julio?" Lucia, unu el la kunuloj, flustras. "Ni revenas al nia kutima vivo, sed ni ĉiam sciu, ke ni tenas la sorton de nia urbo en niaj manoj." Julio rigardas la lunon, pensante en sia menso, "Eble vere, en ĉi tiuj humilaj agoj, ni estas grandaj." Kaj tiel, sub la eternaj steloj, ili prenas la decidon ĉiam celi al la komuna bono, eĉ se iliaj nomoj ne eniros en la historion.

Pro mirinda eraro kaj ironia destino, dum ili marŝas tra la mallumaj stratoj de la urbo, subite, kaptitaj de la manoj de armitaj viroj, ili estas kondukitaj en la profundon de la gladiatorejo. Ili lasas la kriojn kaj tumultojn de la urbo malantaŭ si, malsuprenirante en la silenton kaj mallumon de la subteraj ĉeloj.

Enkarcerigitaj en la humidaj kaj mallumaj ĉeloj sub la amfiteatro, ili perdas la lumon de la luno kaj steloj, ĉirkaŭataj de soleco kaj necerteco. Julio, kun bateganta koro, turnas sian vizaĝon al siaj amikoj en la mallumo. "Kion ni faras ĉi tie?" Marcus, apenaŭ videbla en la mallumo, flustras, "Ĉu ĉi tiu eraro alportos al ni la finon?"

Lucia, ĉiam la plej saĝa, flustras, "Eble estas eraro, sed ne sen kialo. Fortuno kondukis nin ĉi tien, sed ni ankaŭ regas niajn proprajn sortojn. Ni ne rezignu, nek malesperu."

Subite, gardisto alvenas al la ĉelo, lumigante la vojon per fumanta lanterno. "Silentu," li diras, "Morgaŭ vi iros en la arenon. Pretigu vin." Kaj kun tiuj vortoj, la pordo fermiĝas kun bruo, lasante ilin en la mallumo.

Tiun nokton, inter la murmuro de la ventoj kaj la malproksimaj krioj, Julio kaj liaj kunuloj, kunvenintaj ĉirkaŭ malgranda lanterno, faras planon. "Ni ne estas gladiatoroj," diras Julio, "sed ni ne estas sen espero. Ĉi-nokte, en la mallumo, ni trovas nian veran forton – en ni mem kaj en nia amikeco."

Marcus, etendante sian manon al Julio, konfirmas, "Ni estas kune en ĉi tio, Julio. Kiel en la tagaj vojoj, tiel ankaŭ en la noktaj danĝeroj." Dum la ventoj kaj ŝtormoj ekstere furiozas, kaj la ombro de la areno premas ilin, ili trovas esperon kaj planon. Ili promesas al si, ke kion ajn morgaŭ alportos, ili restos nevenkitaj, ne kiel veraj gladiatoroj, sed kiel veraj amikoj, kiuj navigas tra ĉiuj ŝtormoj de la vivo.

Kaj tiel, en la profundo de la nokto, inter flustroj kaj revoj, ili restas viglaj, meditantaj pri la estonta batalo kaj siaj propraj sortoj, pretaj por la lumo de la nova tago kaj la defioj, kiujn ĝi alportos.

En la Areno

Sub la oraj radioj de la suno, Julio kaj liaj kunuloj, pro ia miranda eraro, estas konsiderataj veraj gladiatoroj. Destinitaj de la sorto, ili estas kondukitaj en la grandiozan arenon, kie la okuloj de miloj da spektantoj, kvazaŭ agloj celantaj predon, akre fiksas ilin.

En la unua momento, teruritaj, ili ĉirkaŭrigardas; sed baldaŭ, kolektante siajn kuraĝojn kaj rigardante unu la alian, ili trovas reciprokajn fortojn. "Ni ne timu," deklaras Julio, gvidanto ne nur laŭ nomo sed ankaŭ laŭ spirito, "ĉar en ĉi tiu batalo, ni estas unu."

Ili alproksimiĝas al la armilejo de la gladiatoroj, kie kuŝas iloj de morto kaj honoro: brilantaj glavoj, solidaj ŝildoj, kaj teruraj kaskoj. Per tremantaj manoj, sed kun firma koro, ili zorge elektas siajn armilojn.

Inter si, kvazaŭ veteranoj de milito, ili silente konstituas batalstrategion. "Vi dekstre, mi maldekstre," instrukcias Marko, viro forta kaj decidema, al siaj kunuloj, "kaj en la mezo, kiel frato, mi estos apud vi."

La areno, amfiteatro de vivo kaj morto, plenas de avidaj kaj kriantaj spektantoj. Sub la malferma ĉielo, krioj kaj ekscito resonas, kaj en ĉi tiu tumulto, la amikoj, kvazaŭ leonoj en la ĝangalo, prepariĝas al la fina konfronto.

Julio, kun granda spirito kaj bateganta koro, paŝas en la areno, aŭdace alvokante sian kontraŭulon. "Ĉi tie kaj nun," li heroike ekkrias, levante sian glavon al la suno, kvazaŭ invokante destinan duelon de dioj.

Baldaŭ, la sovaĝaj bataloj komenciĝas, plenaj de danĝero, aŭdaco kaj braveco. Glavoj brilas sub la suno, sparkoj de fero kaj ŝvito plenigas la aeron, dum la areno, miksaĵo de polvo kaj sango, atestas la forton de la batalantoj.

La kunuloj de Julio, kvankam kun timemaj koroj, tamen kun nevenkeblaj spiritoj, en siaj propraj bataloj ne nur batalas, sed ankaŭ transcendas sin. Iliaj manoj, jam ne tremantaj, fariĝas instrumentoj de virto, aŭdace superante siajn malamikojn.

Inter la spektantoj, la amikoj de Cornelia rekonas Julion kaj ne povas reteni sian ridon. "Jen Julio, la ĉefo de la lavistoj, nun gladiatoro?" unu el ili ekkrias, "Kio sekvos? Ĉu li faros leonojn el feloj?" Alia ridas, "Atentu la leonon, por ke ĝi ne transformu vin en ŝuon!"

Julio, aŭdante la kriojn, iom distriĝas, sed baldaŭ regajnas sian koncentriĝon kaj denove plonĝas en la batalon. "Estas pli bone venki leonon en la areno ol ludi kun feloj en laborejo," li ekkrias, dum li pli akre movas sian glavon kontraŭ sia kontraŭulo.

Kaj tiel, sub la ardo de la suno kaj la atento de la spektantoj, Julio kaj liaj kunuloj montras sian kuraĝon kaj aŭdacon, ne nur al si mem sed ankaŭ al la tuta urbo, demonstrante ke vera forto ne devenas de statuso, sed de la spirito. Tra ludoj kaj defioj, Julio kaj liaj kunuloj trairas la danĝeran vojon de la gladiatoroj, inter ridado kaj ŝvito, inter vivo kaj morto, ĉiam memorigante, ke en la mezo de ludo kaj seriozeco, vera amikeco kaj virto estas la fundamentoj de vera gloro.

En la mezo de la batalo, ili rememoras pri amikeco, virto kaj pasintaj honoroj. "Por la amikoj!" Lucius, plena de animforto, atakas la malamikon, venkante ne nur por si mem sed ankaŭ por siaj kunuloj. Kontraŭ ĉiuj antaŭjuĝoj kaj atendoj, miraklo okazas: ili superas ĉiujn malamikojn, ĝojante pro neatendita venko. La kontraŭuloj, unu post la alia, kuŝas sur la tero, kaj la kunuloj, spiregante sed nevenkitaj, agnoskas reciprokajn glorojn.

La homamaso, unue en ŝoka silento, baldaŭ eksplodas en admiron. Krioj kaj laŭdoj, kvazaŭ ondoj de la maro, leviĝas, kaj la nomoj de "Julio" kaj liaj kunuloj, kvazaŭ himnoj de venko, flugas tra la aero. "Rigardu," ekkrias amiko de Cornelia, tenante vinon en la mano, "Julio, la ĉefo de la lavistoj, nun fariĝis la leono de Romo!" Kaj alia, ridante, aldonas, "Mi kredis, ke lavistoj nur batalas kontraŭ makuloj, ne kontraŭ homoj!"

Post la batalo, ankoraŭ kovritaj de ŝvito kaj polvo, ili eliras el la areno, kvazaŭ descendante de la Olimpo, kun digno kaj honoro. Levante siajn manojn, kvazaŭ senmortaj dioj, ili estas festataj de la popolo de la urbo. Dum la nokto, ĉirkaŭ la brila fajro, ili babilas pri la agoj en la areno, pri la danĝeroj kiuj ankoraŭ restas. Inter ridoj kaj seriozaj konversacioj, novaj ligoj de amikeco kaj frateco estas firmigitaj. "Kiu sciis, ke lavistoj povas esti tiel fortaj?" ŝercas Marcus, dum Julio nur subridas, levante sian vinopokalon.

Kun novaj cikatroj, sed ankaŭ kun renovigita animo, ili preparas sin por estontaj ŝtormoj kaj ankoraŭ kaŝitaj konspiroj. "Ni staras kune," deklaras Julio, kvazaŭ orakolo de la estonteco, "kaj nenio, vere nenio, nin disigos."

Dum tiu nokto, la Imperiestro, kiu observis la matĉon, alvokas Julion kaj liajn kunulojn. "Julio," li diras, ridetante, "mi neniam pensis, ke vi, lavisto, enirus mian arenon." Julio, kun digno, respondas, "Nek mi, Sinjoro. Sed, kiel vi vidas, la destino ofte kondukas nin en neatenditajn vojojn." Ridetante, la Imperiestro diras, "Bone dirite, Julio. Pro via kuraĝo kaj aŭdaco, mi donas al vi kaj viaj amikoj liberecon. Sed mi petas," li aldonas, "reiru al viaj feloj kaj lasu la glavojn al la veraj gladiatoroj!"

Kun novaj ridoj kaj leviĝintaj koroj, Julio kaj liaj kunuloj, liberigitaj, iras sub la brilaj steloj en sia propra vojo, promesante al si reciproke, sen dubo, denove plonĝi en vivon plenan de rido kaj amikeco.

Noktaj Vagadoj

En la vastaj, tumultplenaj stratoj de la granda urbo, Julio, kun turmentita animo, marŝas, dum la nokto kvazaŭ vualo ĉirkaŭvolvas lian koleron kaj frustracion. Lia koro brulas pro lastatempa malpermeso, ĉar la senatano, la patro de lia amata Cornelia, malpermesis al li vidi sian filinon, ne aprobante ilian amon.

Tra la serpentumaj stratoj de la urbo, Julio, gvidata de kolero kaj malespero, pli profunde esploras la arton de spionado. Ŝanĝinte sian veston, kvazaŭ tragedia aktoro, li kaŝas sin en la nokta urbo, lia menso distraita de la pikilo de doloro. "Hodiaŭ mi estas parto de la ombroj," li flustras, okuloj plenaj de mallumo, dum li vagadas tra la mallarĝaj stratoj kvazaŭ perdita spirito.

Liaj amikoj, konsciaj pri lia doloro, aliĝas al li en ĉi tiu nokta misio. Julio, kapo kovrita, sin vestas kvazaŭ nokta komercisto, sed la doloro en lia koro manifestiĝas en ĉiu gesto. "Kion ni serĉas?" li demandas per rompita voĉo, dum ili progresas tra la stratoj, restante en la silento de la ombro.

Ili atingas la forumon, la koron de la urbo, kie subita bruado kaptas ilian atenton. Julio, starante proksime, rapide inventas mensogon: "Ni serĉas sekretan trezoron, kiu, laŭdire, povas restarigi perditan amon." Liaj kunuloj, kaptante la esencon de la rakonto, konsentas, dum la loĝantoj, scivolemaj sed suspektemaj, ĉirkaŭas ilin.

Kaŝitaj de la nebulo de la nokto, ili moviĝas tra la urbo kvazaŭ fantomoj, kaŝante la veran doloron de Julio sub fabrikitaj rakontoj. Sed inter ludoj kaj mensogoj, la graveco de la momento tuŝas iliajn animojn. Tra la stratoj kaj mallarĝaj vojoj, en kaŝitaj anguloj de siaj koroj, ili esploras ne nur la sekretojn de la urbo, sed ankaŭ la kaŝitajn partojn de siaj propraj koroj.

Post lasado de la forumo, Julio kaj liaj amikoj turnas sin al drinkado, vagante de trinkejo al trinkejo. Dum la vojaĝo, ili aŭdas rakontojn pri trezoroj kaj sekretoj, kiujn, stimulitaj de vino, ili prenas serioze. Kun tiaj pensoj, plenaj de ĝojo kaj ebrieco, ili marŝas tra rakontoj plenaj de ŝercoj kaj aventuro.

Kiam ili eniras suspektindan domon – lokon kie, laŭ onidiro, la misteroj de amo estas kaŝitaj – ili trovas ne indicojn de amo, sed spegulon de sia propra doloro: bildon de Cornelia, kun okuloj plenaj de malĝojo. Julio, rigardante la bildon, rompas sian silenton: "Eĉ se mi trairus la tutan mondon, mia koro restus ĉi tie." La vino nebuliĝas lian cerbon, sed liaj vortoj resonas pli profunde ol intencite.

Subite, la ĉirkaŭanta mallumo estas interrompita de movado: rapidaj paŝoj kaj la voĉoj de gardistoj subite komencas aŭdiĝi. "Ni devas forkuri!" Lucia, sentante la gravecon de la momento, flustras, tirante Julion el lia meditado.

Tumultoplena fuĝo sekvas, vagante tra la mallarĝaj stratoj kaj labirintoj de la antikva urbo, miksante ridon kaj danĝeron. Kiam Julio, pro neatendita faleto, en foson glitas, la ceteraj, apenaŭ retenante ridojn, lin levas, sed baldaŭ la ĝojo ŝanĝiĝas en angoron.

En kaŝita angulo de la urbo, ili agnoskas siajn erarojn kaj ĝojojn, sed ankaŭ sentas la minacon de iminenta danĝero. "Kvankam ĉi-nokte ni eraris," diras Julio, "nun pli ol iam ni estas konsciaj pri la danĝeroj, kiuj ĉirkaŭas nin."

Kiam la aŭroro proksimiĝas, la amikoj sentas, ke ĉi tiu nokta migrado kondukis ilin ne nur tra fizikaj vojoj, sed ankaŭ tra vojaĝoj de la menso kaj spirito. "Nun mi komprenas," aldonas Julio, profunde en pensoj, "ke la veraj danĝeroj ankoraŭ kuŝas antaŭ ni."

Tiam, subite, en la silento de la nokto, nekutima sono frapas ilin – malproksimaj krioj kaj la sonoj de trumpetoj. "Io malbona okazis," diras Marcellus, kun pala vizaĝo. "Ni devas defendi Romon."

Kun la unua lumo, ili faras decidon: "Ĉi tiu nokta vojaĝo kondukis nin al novaj danĝeroj kaj misteroj," deklaras Julio per firma tono. "Sed ĝi ankaŭ vokas nin al pli granda celo. Ni batalos por Romo, por amikoj, por vero."

Kaj tiel, dum la nova suno leviĝas, la amikoj, nun pli unuiĝintaj kaj prudentaj, denove sin engaĝas en la labirintojn de la urbo kaj destino, armitaj ne nur per armiloj sed ankaŭ per nova saĝo kaj

nevenkebla amikeco, pretaj por la venontaj ŝtormoj, kiuj atendas
ilin en la mallumo kaj necerteco de la granda urbo.

Labirinto de Romo

En la ombraj partoj de la urbo, Julio kaj liaj kunuloj marŝas tra la mallumaj stratoj de antikva Romo. Subtera vojaĝo, plena de sekretoj, kondukas ilin al neesploritaj lokoj. "Rigardu," flustras Julio, "ĉi tiu vojo ne troviĝas en iuj mapoj."

"Kion ni serĉas ĉi tie?" demandas Marcelo, lia amiko, tenante lanternon kun iom da timo. "La veron," respondas Julio, "kaj eble la vojon por savi nian urbon." Dum ili progresas, la mallarĝaj stratoj gvidas ilin al kaverno, kie sidas maljuna viro, plena de jaroj kaj saĝeco. "Saluton, fremduloj," diras la maljunulo, "kion vi serĉas en la mallumo de Romo?"

"Pardonu nin, maljunulo," humile diras Lucia, amikino de Julio, "ni sentas nin perditaj. Ni volas demandi vin pri ĉi tiu antikva urbo." La maljunulo, kapjesante, ekbruligas malgrandan lanternon kaj komencas paroli: "Romo, iam sinjorino de la mondo, kaŝas multajn sekretojn. Sed kial vi serĉas min, la lastan gardanton de ĝia memoro?"

Julio, kun renovigita kuraĝo, respondas: "Ni kolektas fragmentojn de rakontoj kaj historioj por eviti grandan danĝeron, kiu minacas la urbon." "Do aŭskultu," diras la maljunulo, "kaj lernu. La labirinto, en kiu vi nun marŝas, estas la memoro de Romo, ne nur de lokoj sed ankaŭ de tempoj. Ĉiu ŝtono, ĉiu angulo rakontas historian rakonton."

"Sed kiel ĝi gvidos nin al nia destino?" demandas Marcelo. "En la labirinto," klarigas la maljunulo, "ne ĉiam la rekta vojo estas la elirejo. Ofte, per eraro, ni malkovras la veron." Gvidate de li, ili iras tra eĉ pli mallarĝaj kaj mallumaj stratoj, kie malnovaj signoj estas gravuritaj sur la muroj. "Jen," indikas la maljunulo, "spuroj de historio, sonĝoj de imperiestroj kaj de la popolo."

"Mirinde," flustras Lucia, tuŝante la signojn, kvazaŭ ŝi povus senti la pasintecon. Baldaŭ ili alvenas al kripto, ĉirkaŭita de ombroj kaj silento. La lanterno de la maljunulo disigas malfortan lumon tra la mallumo. "Jen," diras la maljunulo serioze, etendante sian manon al vasta subtera ĉambro, kies muroj estas incizitaj per antikvaj historioj.

Julio kaj liaj kunuloj, malforte lumigitaj de la lanterna lumo, alproksimiĝas al la kripto, kun korbatoj pro atendado. Plenaj de espero trovi trezoron, sed kiam ili eniras, ili ne trovas montojn da oro nek riverojn de ĝemŝtonoj, sed nur malnovan lignan keston, kovritan de polvo kaj teksita de araneaj retoj.

"Tio ĉi ne estas la fino," murmuras Julio, vane esplorante la enhavon, metante sian manon sur la keston. Li malrapide malfermas ĝin, kaj interne, ili trovas nenion krom malnovaj paperoj kaj rompitaj sigeloj. "Sed eble ĝi estas komenco," li aldonas, disvolvante unu el la paperoj, kun esploremaj okuloj rigardante la antikvajn sigelojn.

Lucia, ĉe lia flanko, pli atente rigardas la paperon. "Ĉi tiuj ne estas simplaj paperaĵoj," ŝi diras, "sed anstataŭe ŝlosiloj al pli grandaj misteroj de nia urbo."

Marcelo, ankoraŭ esperante pri trezoro, frustrite elspiras. "Sed kie estas la riĉaĵoj, kie estas la promesitaj juveloj?" li demandas.

"Ha," respondas la maljunulo kun eta rideto, "la veraj trezoroj de Romo neniam estis en oro aŭ arĝento, sed en ĝia historio, en la animoj de ĝiaj homoj."

Julio, profunde pripensante, pezas la vortojn de la maljunulo. "Eble la vera trezoro," li meditas, "estas la saĝo kaj scio, kiun ni akiras el ĉi tiu esplorado."

Adiaŭante la labirinton, ili faras sian vojon tra konfuzaj stratoj, kun la vortoj de la maljunulo kaj la misteroj de la paperoj resonantaj en iliaj mensoj. Subite, en malluma angulo, suspektema figuro aperas, observante ilin el la ombroj. Kun batantaj koroj, ili kaŝiĝas, dum la mistera figuro preterpasas.

"La ombroj de ĉi tiu urbo estas plenaj de misteroj," flustras Lucia, dum ili progresas tra la mallarĝaj stratoj, kaŝante sin en la mallumo. "Sed ankaŭ plenaj de danĝeroj."

Julio, kun firma voĉo, serioze deklaras, "Sed se ni povas superi la danĝerojn, ni trovos pli fortajn elirejojn." Sub lia gvido, ili moviĝas pli singarde tra la subteraj vojoj, evitante kaptilojn, gvidate de la saĝeco de la maljuna viro kaj sia propra instinkto.

Post multaj horoj, kiam la tagiĝo alproksimiĝas, ili eliras al la lumoj de subtera forumo, kie la vivo de la urbo jam pulsiĝas. Ĉi tie, Julio, turnante sin al siaj kunuloj, diras, "En ĉi tiu urbo, vero kaj mistero iras man en mano. Hodiaŭ, pli ol iam ajn, ni estis atestantoj."

Dum ili marŝas tra la forumo, Julio, pensoplena sed ankaŭ iluminita, pripensas pri estontaj agoj. "Kion ni nun faros?" demandas Lucia, rigardante la heliĝantan ĉielon.

"Estas ankoraŭ multe farenda," respondas Julio kun firma spirito. "Sed hodiaŭ, en la koro de Romo, ni esploris ne nur la labirintojn de la urbo sed ankaŭ tiujn de niaj animoj. Kaj tio estas la vera komenco."

"Kaj nia amikeco," aldonas Marcelo, metante sian manon sur la ŝultron de Julio, "gvidis nin tra la plej mallumaj horoj. En ĉi tiu urbo plena de labirintoj, ni trovis la veran trezoron: unu la alian."

En la lumo de la naskiĝanta tago, plenaj de nova espero, ili promesas alfronti la misterojn de la urbo kaj ankaŭ esplori la profundajn aspektojn de siaj vivoj. Kun rido kaj espero, ili rigardas al la estonteco, sciante, ke ili ĉiam esploros la labirintojn de la urbo kaj de siaj animoj kune. Kaj kun novaj tagoj venos ne nur novaj defioj, sed ankaŭ novaj ŝancoj por amikeco kaj kuraĝo.

Herooj Alvokitaĵo

Post noktaj esploroj kaj subteraj malkovroj, Julio kaj liaj kunuloj, kvankam laciĝintaj, restas spirite viglaj, kaj senzorgaj sin ĵetas en la tagan bruon de la urbo. Tra stratoj plenaj de bruo kaj agitado, ili neatendite troviĝas en la mezo de malbona konspiro, hazarde interrompante mallumajn intrigojn.

"Kion ni faru en ĉi tiu ĥaoso?" demandas Lucia, singardeme, starante meze de la tumulto, sentante angoron. Ĉie ĉirkaŭe, bruoj kaj movadoj ĉirkaŭas ilin kiel ondoj en ŝtormo, pliigante la senton de necerteco.

"Ni sekvu ĉi tiun homamason," respondas Julio, firme tenante la manon de Lucia, serĉante klarecon en la ĥaosa ordo, "Io ĉi tie povas gvidi nin al la vero."

Dum ili naĝas tra la tumulto de la forumo kvazaŭ etaj ŝipoj tra rapidaj ondoj, subite ili falas en kaŝitajn kaptilojn – vendistoj, kiuj ne vendas varojn, sed okupiĝas pri ŝtelo. "Ĉu vi vidas tion?" ekkrias Marcelo, fokuse rigardante, "Tiu viro ne estas vendisto, sed ŝtelisto!"

Kun akra instinkto kaj kuraĝo, la kunuloj uzas la konfuzon kiel kovrilon por malkovri la veron. En momento de kompreno, ilia ago fariĝas videbla al la homamaso; kiel maro, kiu retiriĝas por malkovri la fundon, la ĉirkaŭantaj homoj disiĝas en diversajn direktojn, liberigante vojon.

"Kiel vi tion rimarkis?" demandas Lucia al Marcelo, miksante admiron kaj miro pri lia kapablo vidi tion, kion aliaj ne vidis.

"Ne per arto, sed per bonŝanco kaj iom da atento," respondas Marcelo, kun modesteco miksita kun rideto. Sekretaj dokumentoj, kiujn la krimulo portis, estas elĵetitaj antaŭ ĉiuj, malkovrante la krimon antaŭ la aŭtoritatoj kaj la popolo.

"Mi ne estas heroo," murmuras Julio, kun konfuzo kaj modesto, dum la homamaso ĉirkaŭas lin kaj liajn kunulojn, aplaŭdante. Sed la krioj de la urbo, nomante ilin 'herooj', donas al ili tiun titolon, eĉ se ili mem sentas sin sin neindaj.

Iliaj hazardaj agoj, kvazaŭ nova legendo, disvastiĝas tra la urbo kaj estas laŭdataj sur ĉies lipoj. La civitanoj, plenaj de profunda dankemo, publike agnoskas ilian kuraĝon.

"Ni dankas niajn civitanojn," diras viro en pozicio de aŭtoritato, alproksimiĝante al ili kun sincereco. "Sen via aŭdaco, ni neniam malkovrintus la veron."

Eĉ la Cezaro mem, aŭdinte pri iliaj faroj, invitis ilin al sia brila palaco. Antaŭ la senato kaj la popolo, en la reĝa halo, Julio kaj liaj kunuloj estis honoritaj pro ilia kuraĝo kaj saĝeco. "Ni konsideras nin tute neindaj," deklaris Julio, starante antaŭ Cezaro, kun kapo klinitaj. Sed Cezaro, tuŝita de ilia simpla kuraĝo, donis al ili medalojn de virto kaj publikan dankon.

Ilia humileco kaj sincereco, montritaj al la tuta popolo, faris ilin eĉ pli amataj. "Vi estas la modelo de vera Romano," deklamis Cezaro per klara kaj solena voĉo.

En ilia honoro, la urbo okazigis grandan feston, plenan de bankedoj, muziko, kaj ĝojo. Sed inter la festadoj, niaj nevolaj herooj pensis pri estontaj intrigoj kaj nekonataj danĝeroj.

"Hodiaŭ ni festu," sugestis Marcelo, kun miksaĵo de trankvileco kaj saĝeco, "sed memoru, ke morgaŭ novaj bataloj atendas nin."

Kun nova digno kaj la amo de la urbo, Julio kaj liaj kunuloj prepariĝis al estontaj defioj. "Kion ajn ni alfrontos," deklaris Julio, kun fido en la okuloj de siaj kunuloj, "ni staris kune, kaj en la estonteco, kontraŭ iuj ajn ŝtormoj, ni staros kune."

Armite per novaj armiloj kaj reenergiaj fortoj, niaj herooj, kvankam nevolaj, pretiĝis al necertaj estontaj eventoj, antaŭ civitanoj, kiuj nun plene rekonas ilian integrecon kaj koron. Eble nekonataj herooj, sed ĉiam veraj Romanoj, ili restos por ĉiam en la memoro kaj koroj de la urbo.

Konsilio en Movado

Sub la ĉielo de Romo, obskurigita de nuboj, Julio kaj liaj kunuloj kunvenas en malluma ĉambro de antikva domo. "Hodiaŭ," komencas Julio, "ni bezonas aŭdacan planon." La kunuloj, kolektiĝintaj ĉirkaŭ la tablo, atente aŭskultas.

"Ĉu ni vere povas fari tion?" Lucia milde demandas, esprimante sian dubon dum ŝi rigardas la tablon. Tra la fenestroj aŭdeblas eksteraj bruoj, signo de urbo en konstanta movado.

"Sen dubo," respondas Julio, kun okuloj brilantaj de konfido. "En ĉi tiu urbo, plena de misteroj, ni serĉas la veron." Li pasigas la manon super la mistera mapo, indikante vojon tra la urba labirinto.

"Jen," diras Marko, ĉiam preta por defioj, vestante sin kiel kuracisto. "Kun ĉi tiu vesto, mi povos moviĝi tra la urbo sen suspekto."

"Kaj mi," aldonas Marcelo, surmetante falsan barbon, "mi estos maljuna vendisto." Malpeza rido fluas inter ili, malpezigante la momentan tension.

Kiam la nokto kovras la pli mallumajn partojn de la urbo, niaj amikoj, ŝanĝinte siajn vestojn, trairas la silentajn stratojn de Romo. Ĉio estas trankvila, krom la vento, kiu fajfas tra la mallarĝaj stratetoj.

"Ni estas preskaŭ tie," flustras Julio, gvidante siajn kunulojn al malluma angulo. Ĉiuj konas la planon, portante malgrandajn ilojn kaj kaŝitajn dokumentojn.

Subite, en la mezo de la silento, kun malamikoj nun transformiĝintaj al amikoj, novaj aliancoj estas ĵuritaj en la ombro. "Iam malamikoj, nun kunuloj," deklamas Julio, etendante la manon de paco.

Silente, ili interkomunikas signojn - kapgestoj, movoj de la mano - sekretaj kodoj por agi kiam necese. "Kiam vi vidos ĉi tion," flustras Lucia, montrante signalon, "estos tempo agi."

En la profunda nokto, niaj herooj insinuiĝas tra la labirintoj de Romo, kie mesaĝoj kaj ordonoj pasas sub la kovro de mallumo.

"Atentu pri ĉi tio," komandas Marcelo, per mallaŭta voĉo, transdonante gravan dokumenton.

Baldaŭ, kun la unuaj lumoj de la tago, la kunuloj kunvenas en la asignitaj lokoj, pretaj por nova tago kaj novaj defioj. La tensio pendas en la aero, simile al la silento antaŭ ŝtormo, kaj ili atendas la signalon, pretaj. Julio, inspirita kaj decidema, fiksas sian rigardon al la horizonto, atendante la momenton. "Nun," li diras, "komenciĝas nia vera rakonto. Ni prepariĝas por la Festo de Malsaĝuloj."

Kaj tiel, sub la velo de retiriĝanta nokto kaj la alveno de nova tago, Julio kaj liaj kunuloj, armitaj per plano kaj espero, procedas al sia sekva misio - en la granda festo de la urbo, kie inter ludoj kaj ridoj, ili serĉas la veron kaj eble, neatendite, trovas saĝecon.

Festo de Malsaĝuloj

En la urbo Romo, antikva kaj ĉiam nova, la Festo de Malsaĝuloj eksplodis en granda festado. Stratoj kaj placoj, kvazaŭ vasta teatra scenejo, pleniĝis de diverskoloraj vestoj kaj ridoj, kun homamaso disfluanta kiel ondoj en ludo kaj ĝojo.

En ĉi tiu mirinda spektaklo, Julio kaj liaj kunuloj, kvazaŭ aktoroj sur la granda scenejo de la mondo, lerte ludis siajn rolojn. "Hodiaŭ," diris Julio, kun plena animo kaj brilantaj okuloj, "inter la ridoj de malsaĝuloj ni malkovros veran saĝecon."

Vestitaj kiel komikuloj, la kunuloj ŝtelire moviĝis tra la densaj homamasoj, dissemante ĝojon kvazaŭ semojn ĉie. Marko, kun vizaĝo serioza sed okuloj ludecaj, ludiĝis kiel falsa profeto, donante enigmajn orakolojn kaj demandojn, instigante la popolon al rido.

En la liberaj teatroj, kie dramoj kaj cirkaj ludoj kaptis la atenton, niaj herooj sub la masko de ridoj subtile antaŭenigis siajn intrigojn. Ridindaj gestoj kaj absurdaj vortoj, sub la ŝajna ŝerco, kaŝis sekretajn signojn kaj ruzajn planojn.

Sub la luma suno, neatenditaj eventoj, kvazaŭ elirintaj el mitaj libroj, sekvis unu la alian. Ekzotikaj bestoj, sub la gvido de niaj ĉefoj, kuradis tra la stratoj, kaŭzante miregon ĉe la spektantoj. "Ĉu iu povus kredi?" ekkriis la observantoj, dum ili mire spektis la urbajn, kvazaŭ monstrecajn ŝercaĵojn.

Fabloj kaj onidiroj, disvastigitaj per arto kaj inventemo, penetris la mensojn kaj konversaciojn de la popolo. "Ĉu trezoro estas kaŝita en la forumo?" la homoj flustris inter si, nutrante novajn misterojn kaj konjektojn.

Dume, malamikoj, konfuzitaj de la ludo, vane klopodis penetri la nebulon de Julio. La magistratoj, enprofundigitaj en la konfuzo de la festo, esploris iliajn agojn inter ŝercoj kaj seriozaĵoj, sed restis kaptitaj en enigmo.

Kun la ludoj prezentataj sur la scenejo, la vero, kvazaŭ ridetante sub masko de ridindeco, sin montris. La homamaso, ĝuanta la spektaklojn, malmulte komprenis, ke ili estis implikitaj en pli granda rakonto, kie ŝajnaj stultuloj povus kaŝi saĝulojn.

En ĉi tiu turbula kaj buntkolora homamaso, Julio kaj liaj kunuloj, inter ŝercoj kaj aplaŭdoj, sekrete interŝanĝis ordonojn kaj planojn. Per subtila kapklino, kvazaŭ nevidebla dirigento, Julio donis signojn, metante la nevideblan maŝinon en moviĝon.

Kaj tiel, dum la festado atingis sian kulminon, la popolo, ebria de vino kaj ĝojo, sen ia suspekto, estis trenita en pli grandan ludon. "Kiel mirinda estas ĉi tiu festo!" ekkriis la ebriigitaj de ĝojo, dum Julio kaj liaj kunuloj, paŝon post paŝo, silente alproksimiĝis al la kulmino de sia plano.

La magistratoj, oscilantaj inter sia propra stulteco kaj amo al ordo, vane kriis por ordo, dum la vero, maskita sub la vizaĝo de la festo, trompis iliajn sentojn.

Je la kulmino de ĉi tiu granda ŝerco, Julio kaj liaj kunuloj, preparante la ĉefan spektaklon, altiris ĉiujn mensojn kaj okulojn al unu punkto. "Nun," flustris Julio, en la kritika momento, "komenciĝas la vera ago."

En tiu plej granda tumulto, dum ĉiuj spektis la ĉefan ludon, niaj konspirantoj, kvazaŭ ombroj inter lumo, silente paŝis al sia fina celo, pretaj por la lasta kaj decida ago.

Kaj en ĉi tiu sublime konfuza kaj festiva ŝtormo, sub la aspekto de stulteco kaj ĝojo, Julio kaj liaj kunuloj subtile atingis sian ruzan celon, dum la popolo, en sia simpla feliĉo, restis tute nekonscia, sed profunde ĝuanta sian feston de malsaĝuloj.

Granda Malkaŝo

En la mezo de la forumo, en la koro de Romo, sub klara ĉielo kaj brilanta suno, grandega amaso atestis historian momenton — momenton, en la lumo de vero, kiam la malhelaj intrigoj de la urbo estis malkaŝitaj. Murmuroj kaj susurroj, kiel kreskantaj ondoj, disvastiĝis inter la civitanoj, plenaj de streĉo kaj atendo.

Julio, pli rimarkinda pro sia digno ol pro sia alteco, staris meze de la forumo, kun ĉiuj okuloj fiksitaj sur li. Liaj vestoj, simplaj sed puraj, brilis en la suno, igante lin aspekti kiel lumo inter ombroj. Tio estis la tago de malkaŝo, tago kiam la silento de mensogoj estus rompita. "Hodiaŭ," li diris kun voĉo plena de espero kaj rezolucio, "la vero estos pli klara ol iam ajn. La mallumoj foriros."

Per trankvila gesto, sed kun certa aŭtoritato, Julio laŭte legis la dokumentojn, starante kiel kolono de vero antaŭ la silenta kaj atendanta homamaso. Invokante la sunon kiel atestanton, li etendis la paperojn, lumigitajn de la taglumo. En lia mano, la sorto de la urbo kaj la estonteco de multaj estis tenataj.

"Civitanoj de Romo," li diris, per voĉo kiu igis la silenton eĉ pli profunda, "la malkaŝoj, kiujn ni hodiaŭ alportas al vi, estas ege gravaj. Ni ne parolas pri simplaj krimoj aŭ privataj ambicioj, sed pri la ombro kiu provas superŝuti nian urbon."

La unua nomo, klare kaj solene prononcita, rompis la silenton de la forumo, kvazaŭ ŝtono ĵetita en trankvilan akvon. Sekvis aliaj nomoj, ĉiu kun la pezo de historioj, pekoj, kaj sekretoj. La popolo, nun apenaŭ aŭdacante spiri, pendiĝis sur la malkaŝoj de Julio.

"Ĉi tiu kulto," daŭrigis Julio, "kiun ni malkovras, ne estas simpla kunveno de deviantoj, sed grupo de malefikuloj, kies ritoj kaj dogmoj celas dragi nian socion al la propraj pordegoj de infero. Ilia gvidanto, neinda je la nomo, kiun tamen niaj leĝoj devas agnoski, postulas homajn viktimojn en hororaj sakrificioj, verŝante la sangon de senkulpuloj sen iu ajn kompato."

Julio paŭzis, per okuloj kvazaŭ tuŝante ĉiun civitanon individue. "Ĉi tiu monstro," li diris, "deziras ne nur morton, sed ankaŭ absolutan potencon, reduktante la mensojn kaj korpojn de siaj sekvantoj al eterna servuteco. Sub lia regado, niaj infanoj, edzoj, kaj amikoj estas en plej grava danĝero. Ni ne traktas ĉi tie pri superstiĉo aŭ malpli gravaj malbonoj; temas pri la veneno, kiu rampas en la koron de nia urbo."

Li levis la manon, tenante dokumenton — makulitan paperon, montrantan arkanajn simbolojn kaj bildojn de hororaj ritoj. "Vidu," li krias, "ĉi tiuj estas la signoj de ilia malboneco. La sanktaj noktoj, kiujn ili celebras, estas plenaj je teruro kaj blasfemio, kie la espero de senkulpeco kaj la homaro mem estas oferitaj sur la altaro de mallumo."

Tumulto kreskis en la homamaso, miksaĵo de teruro kaj nekredemo. "Kion ni faros?" iu kriis per tremanta voĉo. "Kiel ni protektos nin?" demandis alia.

Julio, remetante la dokumentojn, kun malfermitaj kaj firmaj manoj, petis pacon. "Unue," li diris, "ni alportas lumon, kie antaŭe regis mallumo. Nun, konsciaj, ni devas agi, por ke la veneno de ĉi tiu kulto ne plu disvastiĝu. Unuiĝinte, fortaj kaj viglaj, ni povas eradikigi ĉi tiun peston el nia urbo."

Tra la eraroj kaj konfuzoj de la tago, Cornelia, tute nekonscia kaj senkulpa, ŝajnis esti implikita en konspiron per malicaj mesaĝistoj kaj senbazaj suspektoj. Kiam la suno malleviĝis, ŝi trovis koleregajn homamasojn antaŭ sia domo, la vojo al sekureco blokita. Butikoj estis fermitaj, fenestroj sigelitaj; la ekstera mondo ŝajnis malamika.

Timigita sed decidema, Cornelia forkuris al Julio, ŝia sola helpo kaj konsolo. Kurante tra torturitaj stratoj kaj mallarĝaj aleoj, ŝia stolo fluis kiel signo de espero en la mallumo. En sekreta loko, inter la anguloj kaj ombroj de la urbo, ambaŭ planis sian forkuron el la urbo. "Neniam mi pensis," diris Cornelia per tremanta voĉo, "ke mi tiel forlasus mian Romon, mian patrujon."

Ilia konversacio estis peza, plena je amo kaj malespero, sed ankaŭ de espero kaj determino. "Kune," diris Julio, tenante la manon de Cornelia, sentante ŝian varmon en sia palmo, "ni forlasos Romon. Ni trovos novan vivon, sen persekuto." Iliaj okuloj, en mallonga silento, interŝanĝis mutajn promesojn kaj spirojn de estonteco.

Kaj tiel, sub la vualo de nokto kaj necerteco, la fino de ĉapitro gvidis ilin al novaj decidoj kaj destinoj. Julio kaj Cornelia, komprenante la gravecon de la situacio, estis pretaj forlasi Romon kaj la iminentajn danĝerojn, sin dediĉante al la necertaj vojoj de la estonteco. Tra dezertaj stratoj, sub la lumo de la luno kaj steloj kvazaŭ atestantoj de ilia foriro, ili estis pretaj iri al la nekonata, sed kune.

Fuĝo

En la urbo Romo, sub brulanta suno kaj klara ĉielo, Julio kaj Cornelia rapidpaŝe trapasas stratojn plenajn de festoj kaj bruoj. Ilia libereco, ankoraŭ ne tute atingita, estas jam minacata de gravaj danĝeroj.

"Julio, ni rapidu!" krias Cornelia, miksante teruron kaj urĝon en sia voĉo.

"Sekvu min!" respondas Julio, trenante ŝin tra la torturaj stratoj, serĉante sian amatan sekurecon. Malgraŭ la festoj, ridado kaj kantoj ĉirkaŭ ili, la sento de danĝero kreskas, kaj senkompataj gardistoj persekutas ilin, kiel terura sonĝo interrompanta ĝojon.

En ĉi tiu decida momento, kiam libereco kaj amo estas endanĝerigitaj, Julio kaj Cornelia, spirite unuiĝintaj kaj man-en-mane, tra la labirintoj de Romo, inter festemas homamasoj kaj mallarĝaj stratoj, strebas al neatendita fuĝo, portante en la koro la fragilan esperon pri libereco, pretaj komenci novan, kuraĝan kaj necertan ĉapitron de sia vivo.

"Rigardu, tiuj komercistoj!" flustras Cornelia, kun akra rigardo. Rapide, movitaj de inventemo, ili vestas sin kiel komercistoj, kaj nun, kun novaj identecoj, ili kaŝas sin en la homamaso, trompante la gardistojn.

Fortuno gvidas ilin al la popola teatro. "Ni eniru," decidas Julio, kaj ambaŭ, kiel aktoroj, sin ĵetas sur la scenejon. Antaŭ nekonsciaj spektantoj, ili kaŝas siajn verajn identecojn, trovante momenton de libereco en la arto de simulado.

Kiam la teatraĵo finiĝas, la persekuto rekomenciĝas. Subtere, tra la kloakoj de Romo, ili entreprenas danĝeran fuĝon. Mallumo kaj malpureco ĉirkaŭas ilin, sed rido, kvankam angorplena, ne forlasas iliajn lipojn, plifortigita per la ligilo de amo.

Tra diversaj danĝeroj kaj insidoj, ili finfine atingas malnovan domon, plenan de misteroj. Tie, per aŭdaca manovro, ili elglitas el la manoj de la gardistoj, flugante al libereco tra malnova fenestro.

"Kion ni nun faru?" demandas Cornelia, kun malespero en la voĉo.

"Tie, veturilo!" krias Julio, reanimiĝinte pro espero, montrante al nekutima ĉaro. Sen prokrasto, ili kaptas la veturilon kaj fuĝas tra la mallarĝaj stratoj de la urbo kiel vento.

Ili alvenas ĉe la bordo de la rivero. "Tra la akvo!" Julio proponas novan strategion. Malgranda boato, kvazaŭ mesaĝisto de libereco, atendas ilin, kaj sub la silento de la nokto, ili remas tra la trankvilaj akvoj. Sub la pontoj de Romo, la nokto kaŝas ilin en sia sino, laca sed sekura.

Supre, la ĉielo brilas per steloj, kaj la rivero sub ili dolĉe murmuras. "Kiom bela estas libereco," murmuras Cornelia, rigardante la stelojn.

"Jes," konsentas Julio, "sed ni ankoraŭ devas plu fuĝi. Kion morgaŭ alportos al ni?"

Rigardante unu la alian, ili renovigas silente sian interkonsenton: "Ĉiam kune," ili firme promesas, "kune, ni serĉos la veran liberecon." En la mallumo, sub la ponto de Romo, ili songas pri pli bonaj estontecoj, plenaj de espero kaj amo, kvankam en nesekura mondo. Sub la arĝenta luno, ili flustras promesojn, sciante ke la vojo al vera libereco estas malfacila kaj danĝera, sed kune, ili estas pretaj iri ĝis la fino.

Miskompreno kaj Eraro

En la urbo Ostia, alveninte sub brulanta suno kaj klara ĉielo, Julio kaj Cornelia, du kuraĝaj kaj lertaj fuĝantoj, trovis tumultoplenan havenon, kie la krioj de ŝipoj kaj la voĉoj de komercistoj resonadis. Ilia vojaĝo, komenciĝinta per fuĝo el Romo tra la Tiber-rivero, kondukis ilin al la bruo de ĉi tiu nova kaj necerta loko.

"Ho ve, kien ni iru nun?" demandis Cornelia, timema sed forta, kun voĉo tremanta sed decida, kiam ili trovis sin en labirinto de mallarĝaj kaj malhelaj stratoj de la urbo, rigardante novajn, preskaŭ malamikajn ombrojn ĉirkaŭe.

"Tra ĉi tiu neforigebla homamaso," respondis Julio, viro prudenta kaj singarda, tamen kun firma tono, kondukante ŝin, tenante ŝian manon, tra la festantaj amasoj de la haveno, kie ridado kaj kantado, kvazaŭ sirena kanto, dolĉe sonoris, sed alportis al ili neniun veran ĝojon.

Ili marŝis tra luksa merkato, kie vendiĝis ekzotikaj spicoj kaj altprezaj vestaĵoj, luksaĵoj kapteblaj al la okuloj. Subite, pro ridinda eraro kaj la ludemo de la sorto, ili estis traktitaj kiel komercistoj, konfuzitaj kaj perpleksaj. "Ni ne ĉi tien venis por vendi," ekkriis Julio, konfuzite kaj duonridante, sed neniu aŭskultis ilin, ĉiuj koncentritaj en siaj propraj aferoj, mergitaj en siaj propraj mondoj.

Inter la ludoj de la popolo kaj la krioj de la vendistoj, Julio kaj Cornelia estis implikitaj en ridindaj miskomprenoj kaj absurdaj situacioj, kaj ilia situacio fariĝis ĉiam pli nekredebla. Cornelia, envolvita en kolorriĉa kaj ekzotika vesto, kiun vendisto amike surmetis sur ŝin, ridis neatendite. Vestita en tiu tiel brila kaj nekutima vesto, preterpasantoj salutis ŝin kvazaŭ ŝi estus ekzotika princino, kliniĝante kaj kaŝante siajn ridojn.

Julio, kun kapo klinita sed okuloj viglaj, provis trovi vojon tra la homamaso, sed ĉe ĉiu angulo novaj distraĵoj aperis. Subite, malgranda knabo alkuris al li, metante florokronon sur lian kapon, kriante: "Jen, la reĝo de la festo!" Ĉiuj ĉirkaŭstarantoj komencis aplaŭdi kaj ridi, lasante Julion konfuzita surloke.

"Vidu, Julio, nun vi estas parto de ĉi tiu ludo!" diris Cornelia inter ridoj, etendante sian manon por helpi lin. Sed kiam ŝi provis eltiri lin, en komika falo, ambaŭ renkontis vendiston de olivoj, disĵetante vazojn kun olivoj sur la teron.

"Per la senmortaj dioj, kio nun?" ekkriis Julio, dum ili ambaŭ provis kolekti la olivojn, interrompitaj de la rido de la ĉirkaŭaj homoj.

"Mi bedaŭras, mi bedaŭras!" kriis Cornelia, kolektante olivojn per siaj manoj kaj redonante ilin al la vendisto, sed ŝia rido kaj konfuzo nur pliiĝis.

Dum ili ankoraŭ estis implikitaj en ĉi tiu ĥaoso, vaganta muzikisto, ludante citaron, alproksimiĝis al ili, kantante pri "La Reĝo kaj Reĝino de la festo", kiuj, laŭ li, plenigis la tutan urbon per sia ĝojo. La amaso, ĉirkaŭanta ilin, ridis pli forte kaj traktis Julion kaj Cornelion kvazaŭ ili estus famuloj.

Julio, finfine starante kaj purigante sin de la restaĵoj de la olivoj, diris al Cornelia, "Mi pensas, ke hodiaŭ ni devas ludi niajn rolojn en ĉi tiu urba teatraĵo. Sed, mi petas, sen pliaj incidentoj."

Sed apenaŭ li finis la vortojn, kiam du homoj en teatraj kostumoj neatendite aperis, trenante ilin al proksima scenejo, kie publika ludo estis preparata. Antaŭ ol ili povis rifuzi, ili estis trenitaj en la mezon de la rakonto, rolpartoj kaj skriptoj estis donitaj al ili sen iu ajn preparado.

"Kion ni nun faru?" flustris Cornelia, dum ŝi estis metita sur la scenejon, ĉiuj atendante ŝin.

"Improvizu," respondis Julio, prenante profundan spiron. Kaj tiel, sub la okuloj de ridantaj spektantoj, Julio kaj Cornelia, havante neniun sperton en aktorado, komencis ludi siajn rolojn, interplektante erarojn kaj miskomprenojn en la rakonton, al granda ĝuo de la publiko.

Kvankam komence timigitaj kaj konfuzitaj, ili komencis kapti la humoron de sia situacio, amuzante la publikon per ludemaj vortoj kaj troigitaj agoj. Ilia agado, tiel malgracia kiel amuza, tiel neverŝajna kiel spontanea, finiĝis en granda aplaŭdo kaj rido, ĉiuj celebrante ilian simplecon kaj bonan spiriton.

Post kiam la ludo finiĝis, Julio kaj Cornelia, inter aplaŭdoj kaj ridoj, malrapide forlasis la bruan scenon, nekredante la aventuron, kiun ili travivis. "Mi kredas, ke hodiaŭ ni ridis pli ol en la pasintaj monatoj," diris Cornelia, dum ili foriris. Julio kapjesis, eĉ se ankoraŭ iom konfuzita pri la tuta afero.

Tiel, per eraro kaj ludo, Julio kaj Cornelia trovis momenton de leviĝo en sia tumulteca vivo. En tiu ridinda tago, plena de komikaj miskomprenoj kaj absurdaj situacioj, ili trovis neatenditan ĝojon, kiu, kvankam efemera, estis bezonata por ili. La memoro de ĉi tiu tago, plena de neantaŭvidita rido kaj hilaro, promesis komforti ilin en estontaj malfacilaj tempoj, donante lumon meze de mallumoj.

Spirito de Libereco

Post multaj ŝanĝoj kaj eraroj, Julio kaj Cornelia, plenaj de la spirito de libereco, elstaras kiel fuĝantoj, eskapinte el la ombroj de severa persekuto. En sekreta rifuĝejo en arbaro, sub giganta arbo, kies branĉoj ludas kun la sunlumo tra la folioj, ili trovas profundan pacon kaj neaŭditan silenton. Tie, for de la bruo kaj tumulto de la urbo, en la sino de la naturo, ili meditas pri la kara libero kaj pri la necertaj estontecoj.

"Kiom neprezebla estas libero, ho plej dolĉa Cornelia," elspiras Julio, emociita en sia koro, rigardante la vastan ĉielon, kie la suno triumfas en la pura kaj serena aero.

"Vere, ho Julio," respondas Cornelia, leviĝinte en spirito, "ĉi tie, en ĉi tiu trankvila sanktejo, niaj koroj batas vere sen timo."

Ili sin direktas al la bordoj de la granda kaj mirinda maro, kie la ondoj, en eterna movo, per milda susuro, retroiras al la sablo. Tie, en la trankvileco de la loko, iliaj animoj leviĝas de pezaj zorgoj, kaj ili sonĝas pri dolĉaj kaj pacaj estontecoj.

Sub la vasta ĉielo, kuŝante sur la varma sablo, ili parolas pli profunde pri la vivo, pri la ligoj de amikeco, kaj pri la vastaj misteroj de la mondo. La mara brizo, dolĉa kaj freŝiga, milde tuŝas iliajn vizaĝojn, alvokante novajn sonĝojn.

"Ĉu vi memoras, ho Cornelia, ĉiujn danĝerojn, kiujn ni kune superis?" demandas Julio, sorbita en kontemplado, fiksante siajn okulojn en la danco de la ondoj.

"Jes, mi memoras," respondas Cornelia, rekonante sian kuraĝon, "sed mi ankaŭ memoras nian konstantecon. Sen via fidinda dekstra mano, ho Julio, mi neniam superus tiel malfacilajn situaciojn."

Sur la trankvila marbordo, ili ekbruligas fajron, kies flamoj en la ombro de la nokto disvastigas varman kaj amikan lumon. Sidante ĉirkaŭ ĉi tiu fajro, ili babilas pri dolĉaj estontecoj kaj brulantaj esperoj, sub la stela ĉielo, kiu nun brilas kiel tabulo plena de revoj kaj aspiroj.

En la profundo de la nokto, sub la gvidado de la steloj, ili meditas pri nova vivo kaj neesploritaj vojoj. Kiel antikvaj maristoj, kiuj navigas sen mapo sed kun grandaj animoj kaj plenaj de espero, ili esploras la nekonatan.

"En ĉi tiu aero de libero," diras Julio, kun sublimiĝinta spirito, "ĉio ŝajnas ebla al ni."

"En ĉi tiu brakumo de la spirito de libero," aldonas Cornelia, etendante sian animon al la estonteco, "ni povas malfermi novan ĉapitron de nia vivo."

Kun interŝanĝita fido kaj espero, ili lumigas unu la alian sub falanta stelo. En ĉi tiu sankta momento, nenio krom reciproka amikeco kaj estonta feliĉo havas signifon.

En la silento de la nokto, ilia rido superas pasintajn malfacilaĵojn, komunikante veran kaj sinceran komprenon inter si. Tio, kio iam ŝajnis timiga, nun, en la lumo de libero, fariĝas malpli grava kaj estas forigita.

Kun la alveno de la tagiĝo, nova tago, nova espero salutas ilin. La ĉielo, ruĝa kaj ora, anoncas novan ĉapitron en iliaj vivoj, plenan de amo.

"Nova tago, nova destino," murmuras Cornelia, kun voĉo plena de espero, pli forte tenante la manon de Julio.

"Kaj en ĉi tiu noveco," respondas Julio, rigardante al la estonteco, "ni ampleksos liberecon kaj amikecon kiel nekompareblajn trezorojn."

Ili decideme navigas al novaj bordoj, ne nur en la ekstera mondo, sed ankaŭ en la profundoj de siaj animoj, serĉante liberecon. Ili staras antaŭ la granda maro, nutrante grandajn esperojn en siaj koroj.

Kun renovigita sento de unueco kaj celo, ili paŝas en la novan tagiĝon, direktante siajn paŝojn al novaj landoj, novaj vivoj, novaj liberecoj. Libereco, iam nur sonĝita, nun estas plene vivata en iliaj animoj kaj en la naturo mem.

Fermante ĉi tiun ĉapitron, Julio kaj Cornelia trovas ne nur la finon de sia fuĝo sed ankaŭ la komencon de vera vojaĝo al libereco, al feliĉo, al amo. Lasinte la bordon, sub la promeso de nova tagiĝo, en la nekonata estonteco sed plena de espero, ili reciproke promesas kuraĝe alfronti novajn defiojn, vivi novan vivon plenan de espero kaj amo.

"Ni esperu," diras Julio, ridetante al la nova ĉielo, "ke ĉi tio ne estas la fino, sed nur la komenco de nia nova vojaĝo al pli bonaj aferoj."

"Kaj mi," konfirmas Cornelia, rigardante la estontecon kun konfido, "kredas en nian estontecon, ni kredas en ni mem."

Kaj tiel, kun la renaŝanta tagiĝo kaj la mara brizo, Julio kaj Cornelia, mano en mano, antaŭeniras en la nekonatan estontecon, sed plenan de espero kaj amo, portante la spiriton de libereco en siaj koroj.

Pericula ĉe la Marbordo

En la ora vasteco de la maro, Julio kaj Cornelia, ĝuante la trankvilon, trovas momenton de paco. La suno, alta kaj klara en la ĉielo, iluminas iliajn vizaĝojn. Sed, kiel ofte okazas en iliaj vivoj, la paco ne daŭras longe.

"Ho Julio," flustras Cornelia, "ĉi tie, ĉe la maro, ĉio ŝajnas ebla." Sed Julio, kun malproksima rigardo, rimarkas ion en la horizonto. "Atentu," li diras, "io malbona okazas."

Subite, el la ombroj de la arbaro, armita bando aperas, iliaj okuloj fiksitaj sur la du amantojn. "Julio, danĝero!" ekkrias Cornelia, frapita de teruro. Julio, tuj respondante, pretiĝas defendi sin, lia koro brulas por la batalo.

"Restu malantaŭe," li kuraĝe krias, alproksimiĝante al la viroj. Sed la viroj ne retiriĝas; ili nur pli proksimiĝas. Batalo komenciĝas; Julio kuraĝe alfrontas siajn malamikojn, sed ili estas multnombraj.

"Kuru, Cornelia!" krias Julio, dum li repuŝas unu el la malamikoj. Cornelia, hezitante sed fidante al Julio, iom retiriĝas, sed restas proksime, kun okuloj plenaj de timo kaj amo.

En la mezo de la furioza batalo, Julio, kun nevenkebla spirito kaj arda koro, stariĝas inter la malamikoj kvazaŭ leono. La sablo sub liaj piedoj estas skuita de la batalo, ŝvito kovras lian frunton, kaj liaj okuloj brilas per la flamo de batalo. Kun ĉiu fortostreĉo, li atakas la malamikojn, lia glavo brilante en la sunlumo, kvazaŭ ilo de destino. Sed la malamikoj, multnombraj kaj senkompataj, atakas senhalte kiel ondoj de la maro.

Subite, en la mezo de ĉi tiu kaoso, unu el la malamikoj, granda kaj sovaĝe rigardanta, disiĝas de la amaso kaj, kiel lupo inter ŝafoj, rapide kuras al Cornelia. Liaj movoj estas rapidaj kaj decidaj, lia brako etendita, lia intenco klara.

"Cornelia!" krias Julio, sed lia voĉo estas sorbita de la bruado de la batalo. Cornelia, frapita de teruro, provas retiriĝi, sed ŝi ne trovas elirejon. "Julio!" ŝi ekkrias, kun tremanta kaj malespera voĉo, dum la malamiko perforte kaptas ŝin. Ŝiaj okuloj, plenaj de timo kaj espero, serĉas Julion, sed inter ili regas tumulto kaj masakro.

Julio, kun koro rompita, turnas sin al ŝi, sed estas blokita de aliaj malamikoj. Kun renovigita furiozo, li repuŝas la malamikojn, ĉiu bato elmontrante lian malesperon kaj amon. Sed, kvankam li estas forta, tempo kaj distanco estas kontraŭ li.

Cornelia, kaptita de la plej forta malamiko, estas trenata al proksima boato. Ŝi denove krias la nomon de Julio, sed la sono de la maro kaj la krioj de la batalantoj englutas ŝiajn vortojn. Julio, tra la lukto, penas aliri la bordon, lia koro ŝiriĝante en pecojn, dum ŝi estas forportata de la tero.

Sur la bordo, Julio, superinte la lastan malamikon, kuras al la akvo, sed Cornelia jam estas trenata en la retiriĝantajn ondojn, eskapante. Li staras sola, spiregante, lia glavo falanta en la sablon, dum la boato malaperas en la horizonto. Cornelia, forportata en la boato, etendas sian manon, kun okuloj plenaj de doloro kaj amo, farante la lastan adiaŭon en silento.

Julio, per granda peno, venkas la lastan malamikon kaj rapidas al la helpo de Cornelia, sed estas tro malfrue. Cornelia, trenita al la boato, malproksimiĝas de la bordo. "Ne!" krias Julio, kun voĉo plena de malespero, provante kuri al la ondoj, sed aliaj malamikoj retenas lin.

La batalo finiĝas, la malamikoj eskapas en la boato kun Cornelia, kaj Julio estas lasita sola sur la bordo, elĉerpita kaj venkita. Li falas sur la sablon, rigardante la serenan ĉielon, dum larmoj plenigas liajn okulojn.

"Kial? Kiel?" flustras Julio al la senbrida aero, etendante siajn manojn al la maro, kvazaŭ li ankoraŭ povus tuŝi Cornelian. Sed restas nur ondoj, soleco, kaj silento.

Sur la bordo, Julio kolapsas, tirante profundan spiron. La bonaj memoroj kun Cornelia, ilia rido kaj dividitaj revoj, nun estas kiel ombroj de doloro. "Cornelia, mia plej kara," li flustras en la sablo, "mi savos vin, kie ajn vi estas."

Sed nun, sola kaj senhelpa, Julio, iam plena de espero kaj forto, kuŝas sur la vasta kaj malplena bordo, kun rompita koro kaj premata spirito. La maro, kiu iam promesis pacon, nun estas atestanto de lia doloro kaj perdo.

La nokto alvenas, la steloj brilas en la silenta ĉielo, sed ilia lumo ne konsolas Julion. Sur la malvarma sablo, Julio, kun okuloj fiksitaj al la steloj, meditas pri la necerta estonteco, pri la perdita libereco, kaj pri la forportita amo.

Helpo Nekalkulita

Post la batalo kaj malespera fuĝo, Julio, viro forta sed nun rompita, kuŝis sur la soleca kaj silenta marbordo, spirite kaj korpe elĉerpita. La suno jam subiris, kaj mallumo malrapide kovris la ĉielon kaj la teron.

Subite, la sono de paŝoj sur la sablo aŭdiĝis, kaj la figuro de viro, bonkora komercisto, alproksimiĝis al Julio. "Kiu vi estas, amiko?" milde demandis la komercisto, nomata Gajo, observante Julio'n kuŝantan sur la tero.

Julio, apenaŭ kapabla malfermi siajn okulojn, flustris: "Mia nomo estas Julio, kaj mi eskapis el grandaj danĝeroj." Gajo, movita de kompato, decidis tuj helpi Julio'n. "Ne timu," diris Gajo, "mi prizorgos vin."

Kun granda peno, Gajo portis Julio'n al sia hejmo, kie lia familio, loĝanta en simpla sed varma domo, lin atendis. Klara, la filino de Gajo, juna kaj afabla virino, tuj dediĉis sin al la zorgado de Julio.

Gvidate al trankvila kaj pura ĉambro, Julio estis metita sur molan liton. Klara, kun mildaj manoj kaj patrina zorgemo, prizorgis liajn vundojn, malvarmetigante lian frunton per freŝa akvo. "Nun ripozu," diris la dolĉa Klara, "vi estas ĉi tie sekura."

Dum tiu nokto, Julio estis turmentita de febro, nekapabla trovi dormon. Vizioj pri Cornelia, la vasta maro, kaj la amaraj bataloj perturbis lian menson. Klara, maldorma kaj zorgema, restis apud li, tenante lian manon, kvazaŭ ankro en la ŝtormo de la vivo.

Kun la lumo de la sekva tago, Julio sentis sin iomete pli bone. Klara alportis al li varman panon kaj tason da pura akvo. "Mia patro estas komercisto," ŝi diris, "kaj ni kutime helpas tiujn, kiuj bezonas."

Post la severa batalo kaj malespera fuĝo, Julio, kvankam fizike resaniĝanta, ankoraŭ estis turbata en la menso. Sub la zorgo de Klara, li parolis pri nova vivo kaj pri ĉiutagaj aferoj, kaj ankaŭ pri sia nekutima metio – fulisto, kiu prilaboras urinon kaj vestaĵojn. Li rakontis:

"En la urbo Romo," komencis Julio, "mia metio ne estas tiel nekutima. Fulistoj, kiel mi, estas gravaj en la urbo." Klara, kvankam iom surprizita de la nova informo, volis pli lerni pri la ĉiutaga vivo de Julio.

"Memoru," diris Klara inter ridado, "kiam mi ankoraŭ estis knabino, mi alportis urinon al la fulistejo. La odoroj... mirindaj!" Ŝia rido, ne ofenda sed amikema, igis Julion vidi ŝin kiel veran kamaradon.

Inter ridoj kaj seriozaj momentoj, Julio kaj Klara kultivis firman kaj sinceran amikecon. Julio, pri sia humila arto, rakontis al Klara pri la laboro de fulistoj kaj pri la vivo en Romo. Klara, pro sia simpleco kaj scivolemo, pli kaj pli admiris lin.

Kvankam la nova vivo ofertis esperon, la menso de Julio ankoraŭ revenis al la memoro de Cornelia. "Ho Klara," Julio konfesis, "kvankam mi aprezas la novan vivon kaj vian bonkorecon, mia koro ankoraŭ maltrankviliĝas pro Cornelia."

Klara, milde tenante la manon de Julio, kun konsola voĉo respondis: "Mi kredas, Julio, ke vera amo trovas sian vojon. Ni devas esperi kaj ne rezigni."

Sub la afabla prizorgo de Klara kaj ŝia patro, Julio trovis novan esperon kaj forton. La ĉeesto de Klara, kvazaŭ lumo en mallumo, montris al li pli klaran vojon al la estonteco.

Dum la plenluno brilis tra la fenestro de la ĉambro, Julio, kun firma decido en la koro, dankis Klaran kaj Gajon: "Vi donis al mi novan vivon," li diris, "sed nun, mi devas rekomenci la serĉadon de Cornelia."

Gajo, saĝa viro kun bona koro, kapjesis konsente: "Mi komprenas, ke vi devas fari tion, kio estas necesa," li diris, "kaj ni donos al vi nian helpon laŭeble."

Klara, kun larmoj en la okuloj sed kun forta spirito, diris: "Vi ĉiam restos en mia koro, Julio, kaj mi esperas, ke vi kaj Cornelia denove estos feliĉaj."

Tiel, Julio, kun renovigita espero kaj sincera amikeco, prepariĝis denove por novaj aventuroj, nekonataj danĝeroj, sed ankaŭ por grandaj ĝojoj kaj dolĉa reunuiĝo kun sia Cornelia. Sub la lumo de la nova aŭroro, alfrontante la grandan maron kaj nekonatajn estontecojn, sed kun renovigita spirito de libereco kaj amo, li paŝis antaŭen.

Komenco por la Savo de Cornelia

Kiam la unua aŭroro anoncis novan tagon, Julio, kun menso plena de planoj kaj koro sopiranta pro la perdita Cornelia, prepariĝas por longa kaj danĝera vojaĝo. La pasinta nokto estis plena de maltrankvilaj sonĝoj kaj pensoj pri la estonteco. Nun, en la lumo de la nova tagiĝo, Julio sentas la pezon de la misio, kiu kuŝas antaŭ li.

Kun la unuaj lumoj de la tago, li malsupreniras al la marbordo, kie ŝipoj kaj maristoj atendas lin. La ĉielo estas pura kaj serena, sed la koro de Julio antaŭsentas estontajn ŝtormojn. "Ĉi tio estas la komenco," li flustras al si mem, "la komenco de la vojaĝo por savi Cornelia'n."

Liaj amikoj, fidindaj kunuloj, jam estas pretaj, ĉiuj rigardante Julio'n, sian gvidanton kaj esperon. Julio, kun firmigita animo, alproksimiĝas al ili kaj per mallonga sed potenca parolo kuraĝigas ilin: "Amikoj, antaŭ ni estas longa vojo, plena de danĝeroj kaj necertecoj. Sed mi scias, ke kun kuraĝo kaj amikeco, ni povas superi ĉiujn obstaklojn. Por Cornelia, por ni, ni antaŭeniru!"

Gajo, kiu malfermis sian hejmon kaj koron al Julio, nun estas la kapitano de la maristoj. "La ŝipoj estas pretaj," anoncas Gajo, "kaj la ventoj estas favoraj al ni. Fidu mian maristan sperton, kaj mi gvidos vin sekure tra la akvoj."

La kunuloj, kun viglaj spiritoj sed zorgoplenaj koroj, enŝipiĝas. La blankaj veloj disvastiĝas en la matena aero, kaj la ŝipoj, kiel marbirdoj, ekflugas en la vastan maron. Julio, starante ĉe la pruo, rigardas en la senfinan maron, tenante la bildon de Cornelia en sia menso.

La vojaĝo tra la maro ne estas nur fizika, sed ankaŭ spirita. Julio kaj liaj kunuloj, inter la ondoj kaj ventoj, meditas pri la vivo, pri libereco, kaj pri la potenco de amo. La noktoj en la malferma maro, sub la klaraj kaj senfinaj steloj, estas tempoj de silento kaj reflekto.

Unu el la kunuloj, Marko, viro forta kaj sperta, staras apud Julio. "Ne timu, Julio," konsolas Marko, "ni staras kune, kaj nenio nin disigos." Ilia amikeco, provita en malfacilaĵoj, nun estas kolono de forto.

Dum ili navigas, la forto de la maro kaj la impeto de la naturo premas sur la vojaĝantojn. La ĉielo, kiu antaŭ nelonge ŝajnis serena kaj trankvila, subite ŝanĝiĝas, kun nigraj kaj minacaj nuboj amasiĝantaj. La vento, antaŭe milda kaj amika, nun furiozas, kun potencaj kaj malvarmaj blovoj kontraŭstarantaj ilin.

Granda ŝtormo, kiu terurigus eĉ la plej spertajn maristojn, falas super ili. Altaj ondoj, kiel montoj el akvo, komencas skui la ŝipojn. La ĉielo estas plena de tondroj, kaj fulmoj, kiel ĉielaj serpentoj, lumigas la maron kaj la ŝipojn. La pluvo falas tiel dense, ke ili apenaŭ povas distingi tagon de nokto, ĉio envolvita en mantelo de akvo kaj mallumo.

En la teruro de la maro, la maristoj kaj kunuloj uzas ĉiujn siajn kapablojn kaj fortojn por stabiligi la ŝipojn. Gajo, la kapitano, ordonas per klara kaj aŭtoritata voĉo, donante instrukciojn kaj kuraĝigajn vortojn. Julio kaj la kunuloj, kvankam timigitaj, helpas la maristojn, malgrandigante la velojn kaj elĵetante akvon el la ŝipoj.

Inter la tumulto, maljuna maristo, kies vizaĝo estas markita de ŝtormoj kaj la laboroj de la maro, alproksimiĝas al Julio kaj la kunuloj. Per peza kaj preskaŭ mistika voĉo, li rakontas teruran historion pri ŝipoj, kiuj pereis en similaj ŝtormoj, pri viroj kaj virinoj, kiuj estis enterigitaj en la profundaj abismoj de la maro. "Ĉi tiuj maroj," li diras, "englutis multajn animojn. Grandaj monstroj loĝas sub la ondoj, kaj ŝtormoj, kiel ĉi tiu, estas nur antaŭsignoj de ilia kolero."

Liaj vortoj, kvankam teruraj, ne estis diritaj sen celo. Lia rakonto ne nur temas pri la danĝeroj de la maro, sed ankaŭ pri la respekto kaj singardemo, kiuj estas necesaj por navigantoj. Kiam li finas la rakonton, en kiu la lasta ŝipo kun ĉiuj animoj estas trenita en la profundojn de la maro, sekvas profunda silento, ĉiuj meditas pri liaj vortoj.

Sed, kvazaŭ familio, Julio kaj la kunuloj, inter timo kaj admiro, algluiĝas unu al la alia. Komuna danĝersento ilin unuigas, kaj, kvankam la rakontoj de la maljunulo maltrankviligas iliajn mensojn, ili ankoraŭ trovas forton en sia reciproka fido kaj en la espero, kiu ankoraŭ brulas en iliaj koroj. La ŝtormo fine malkreskas, la laciĝintaj ventoj trankviliĝas, kaj la ondoj mildiĝas. La maristoj, elĉerpitaj de laboro kaj gardado, sed triumfintaj super la danĝero, ekvidas novan lumon kaj trankvilan maron. La suno, post longa nokto, denove brilas, rivelante purigitan mondon. Julio, rigardante la pacan maron, sentas profundan dankemon kaj konsolon, ne nur pro la superita ŝtormo, sed ankaŭ pro la nova kompreno kaj ligo, kiuj nun ekzistas inter ili ĉiuj. Post tiu nokto de terura ŝtormo kaj la rakontoj de la maljuna maristo, ĉiuj sur la ŝipo progresas ne nur kiel kunuloj, sed kiel vera familio alfrontante estontajn defiojn kaj nekonatajn terojn.

La trankvila maro kaj klara ĉielo gvidas ilin en novan tagon. Julio kaj la kunuloj, rigardante ĉirkaŭ la ondojn, vidas neniun teron ĉe la horizonto. Ilia loko restas necerta, kaj la estonteco nekonata. Sed, kvankam plenaj de necerteco, ilia spirito ne rompiĝas. Sub la lumo de la suno, ili denove etendas la velojn kaj navigas kun la vento, kien ajn la sorto ilin portas.

Dum la nokto, sub la stela ĉielo, Julio kaj liaj amikoj kolektiĝas ĉirkaŭ la naviga tablo, pripensante estontajn kursojn. "Ni ankoraŭ estas en la vasta maro," diras Julio, "sed ni ne estas solaj. Ni havas unu la alian, kaj kiam espero restas en la koro, ĉiam vojo povas esti trovita." Liaj vortoj, kvankam simplaj, alportas profundan konsolon al la kunuloj.

Kaj tiel, inter la ondoj kaj la steloj, Julio kaj la kunuloj, tenante esperon pri la estonteco, daŭrigas sian vojaĝon tra la nekonata maro. Kvankam la dezirata tero ankoraŭ estas malproksima, ilia komuneco kaj forto lumigas ilian vojon, kiel gvidaj lumoj en la mallumo de la maro.

Fuĝo de Piratoj

Post kiam ili superis grandan ŝtormon kaj noktojn plenajn de teruro, Julio kaj liaj kunuloj faris pli trankvilan vojaĝon tra la maro. Trankvilaj tagoj kaj serenaj noktoj helpis ilin renovigi siajn fortojn kaj spiriton. Sed, kiel ofte okazas en la vivo, paco kaj sekureco estis mallongdaŭraj. Ĉar, post kelkaj serenaj tagoj, novaj danĝeroj aperis ĉe la horizonto.

Dum la suno staris alta en la ĉielo kaj la maro brilis per mildaj ondoj, la viglantoj sur la plej alta masto subite ekkriis. "Piratoj!" unu el ili alarmis, kaj tuj ĉio ŝanĝiĝis sur la ŝipoj. En la distanco, ili vidis nigrajn ŝipojn rapide alproksimiĝantajn, kun veloj plenaj de vento kaj flagoj simbolantaj morton kaj ruinon.

Julio, tuj alvokita al armiloj, preparis siajn kunulojn por defendo. "Nun ne estas tempo por timo," li diris, "sed por kuraĝo kaj forto. Ni memoru tion, kion ni jam superis kaj staru unuiĝintaj!" Gajo, kun sia vasta mara sperto, rapide preparis la ŝipojn por fuĝo, ŝanĝante ilian kurson kaj strategion por eviti kaptiĝon de la piratoj.

La piratoj, rapidaj kaj senkompataj, komencis ĉasi la ŝipojn. En la klaraj kaj malfermaj akvoj, fuĝi estis malfacile, sed Julio kaj liaj kunuloj ne estis sen planoj. Kun armiloj pretaj kaj kun fortaj spiritoj, ili estis decidintaj defendi sian liberecon.

Kiam la piratoj alproksimiĝis, sagoj kaj ĵetiloj flugis inter la ŝipoj. La sono de la konflikto – metalo kaj ligno koliziantaj – rapide plifortigis la korbatojn de Julio kaj liaj kunuloj. Sed, meze de danĝero kaj timo, ĉiu el ili trovis nekutiman forton.

Marko, forta kaj sperta viro, gvidis kelkajn el la kunuloj kontraŭ la atako. Kun ŝildoj kaj glavoj, ili repuŝis la alŝipiĝantajn piratojn, batalante kun ĉiu peco de sia energio kaj kuraĝo. Julio, kun glavo en mano, montris ekzemplon de kuraĝo kaj aŭdaco, inspirante ĉiujn al rezisto.

Dume, Gajo kaj la maristoj, ne malpli kuraĝaj, gvidis la ŝipojn, uzante siajn maristajn kapablojn por eviti la piratojn. Lerte uzante la ventojn kaj ondojn, ili sukcesis doni al la ŝipoj ian ŝancon je fuĝo. La maristoj, kvankam ofte renkontantaj la danĝerojn de la maro, neniam antaŭe alfrontis tian minacon. Sed sub la gvidado de Gajo, ili montris nekredeblan lertecon kaj konstantan spiriton.

La konflikto, kvankam mallonga, estis intensa kaj terura. Ĉie estis krioj, klingoj, kaj akvo ruĝa pro sango. Sed, per la kuraĝo kaj aŭdaco de Julio kaj liaj kunuloj, la piratoj finfine estis repuŝitaj. Ne sen perdo aŭ timo, sed kun nova kompreno de sia propra forto kaj unueco.

Kiam la piratoj fine retiriĝis, la venko estis dolĉamara sed gratiga. Julio, rigardante siajn vunditajn sed nevenkitajn kunulojn, estis tuŝita de profunda sento de dankemo kaj frateco. "Hodiaŭ," li diris per tremanta sed klara voĉo, "ni ne nur superis la piratojn, sed ankaŭ montris nian forton kaj amikecon. Kune, nenio povas nin superi."

Post la batalo, prizorgado de vundoj kaj riparado de la ŝipoj fariĝis prioritato. La kunuloj, helpante unu la alian, rapide dediĉis sin al la necesaj taskoj. Kvankam korpe kaj mense laciĝintaj, ilia spirito restis vigla, pli forta pro la malfacilaĵoj, kiujn ili kune superis.

Tiun nokton, sub la trankvilaj steloj kaj la pacema maro, Julio kaj liaj kunuloj sidis ĉirkaŭ la fajro, ne nur rememorante la eventojn de la tago, sed ankaŭ pripensante la estontecon. Kvankam ili superis grandajn danĝerojn, ili sciis, ke la vojaĝo ankoraŭ estas longa kaj plena de necertecoj. Sed nun, post ĉio, kion ili spertis, ili estis armitaj per nova fido en si mem kaj en unu la alian.

"Morgaŭ," promesis Julio, "ni daŭrigos nian vojaĝon, ne nur por savi Cornelia'n, sed ankaŭ por vivi nian propran liberan vivon. Kion ajn ni renkontos, ni estos pretaj."

Kaj tiel, inter ridoj kaj rakontoj, inter kuracado de vundoj kaj meditado pri la estonteco, Julio kaj liaj kunuloj, sub la nokta ĉielo, cementis profundan kaj neŝanĝeblan ligon inter ili. Kvankam la maro kaj la mondo estis plenaj de danĝeroj, espero kaj amo restis en iliaj koroj, kiel la steloj brilantaj en la ĉielo tiun nokton.

Reĝo de Rabistoj

Cornelia, kun okuloj plenaj de larmoj, sidis en la boato, rigardante la malproksimiĝantajn bordojn. Julio, senforta kaj pala, kuŝis sur la sablo, dum lia mano vane etendis sian lastan saluton. La ŝipo, kun la mola sono de la ondoj, portis ŝin for de la tero, for de Julio. La kapitano, dika kaj barba viro, alproksimiĝis al ŝi, admiringante ŝian belecon. "Vi," li diris per oleeca voĉo, "estos eminenta donaco al la reĝo de rabistoj."

Rigidiĝinte, Cornelia sin turnis for, rigardante la vastan kaj malfidindan maron. Ŝi ne diris ion ajn; ŝia koro estis en tumulto, kaj ĉiu espero malaperis, dum la ŝipo sur la horizonto ŝajnis dissolviĝi.

Ili navigis dum tagoj, sub brulanta suno kaj en sala aero, al nekonata kaj timiga insulo. Kiam ili alproksimiĝis al la bordo, Cornelia sentis la unuan spuron de tera espero, sed samtempe novan timon. Ĉi tie, sur ĉi tiu dezerta insulo, nekonata kaj eble danĝera estonteco atendis ŝin.

Kiam ŝi malsupreniris de la ŝipo, ŝi paŝis sur la nesekuran kaj malglatan bordon. Ŝi ĉirkaŭrigardis, rimarkante la sovaĝan kaj netuŝitan naturon, sed ankaŭ vidis en la okuloj de la viroj ĉirkaŭ ŝi avidon kaj avidan rigardon.

Kaj tiam, meze de la homamaso, aperis la reĝo de rabistoj. Impona, terura, kun sovaĝa vizaĝo kaj okuloj brulantaj kiel karboj. Cornelia, vidante lin, sentis ke ŝia koro malfortiĝas. "Vi," li diris per tondra voĉo, "nun estas mia. Via beleco, mia estonta reĝino, estos."

Cornelia, kun tremanta voĉo sed forta animo, respondis: "Mi ne estos via, nek de iu ajn. Mia animo restas libera." Sed la reĝo de rabistoj ridis, malatentante ŝiajn vortojn kiel vanan venton.

Li ordonis siajn virojn prepari geedziĝon kaj festenon, kiuj okazos post semajno. Cornelia, trenita en ĉi tiun novan kaj timigan vivon kontraŭ sia volo, tamen en sia koro, nutris malgrandan esperon. Julio, ŝia amo, ne estis iu, kiu povus esti forlasita. Eĉ en ĉi tiu malhela kaj danĝera insulo, la forto de ŝia amo subtenis ŝin.

Dum la noktoj, sub la solaj steloj, Cornelia meditis pri la nekonata estonteco. Ŝi faris planon, ne por fuĝo, sed por alfronto. Ŝi decidis savi ne nur sin mem, sed ankaŭ Julion kaj ĉiujn, kiujn ŝi amis.

Kiam la tago de la geedziĝo alproksimiĝis, Cornelia, kun trankvila vizaĝo sed tumultanta koro, prepariĝis por la fina batalo. Ŝi ne sciis, kio okazos, sed ŝi sciis unu aferon: ŝi neniam rezignos, neniam submetiĝos.

Kaj en tiu nekonata insulo, inter densaj arbaroj kaj salaj ventoj, Cornelia ne nur revis pri sia libereco, sed ankaŭ pri amo kaj pli bona vivo. Julio, ŝia memoro kaj espero, subtenis ŝin en la mallumo, gvidante ŝin sur la malhela kaj nekonata vojo.

Nekonata Insulo

Post la tago de la batalo kun la piratoj, Julio kaj liaj kunuloj, ankoraŭ laciĝintaj kaj vunditaj, sed kun nevenkebla spirito, daŭrigis sian vojaĝon tra la vasta kaj necerta maro. La ĉielo, post la noktaj ŝtormoj, estis klara kaj malferma, kaj la suno, alta kaj brila, lumigis ilian vojon. Ili navigis en silento, meditante pri la danĝeroj, kiujn ili superis, kaj pri la estonteco, kiu ankoraŭ kuŝis antaŭ ili.

Meze de la tago, kiam la suno estis en la zenito, viglanto sur la alta masto kriis, ke li vidas teron en la malproksimo. Sur la horizonto, aperis nekonata insulo, kvazaŭ oazo en la vasta oceano. Julio, kun koro batanta pro nova espero, ordonis direkti la ŝipojn al la tero. Ĉiuj sur la ŝipo, avidaj je ripozo kaj esplorado, rapidis al la bordo de la insulo.

La insulo, ornamita per densaj verdaj folioj kaj koloraj floroj, ŝajnis kiel alia mondo. La sabla bordo kaj kristalklara akvo ofertis trankvilan bonvenigon. Julio, unua elŝipiĝante, paŝis sur la varman sablon, sekvata de siaj kunuloj.

Ili komencis esplori, marŝante tra la arbaroj kaj montetoj de la insulo, admirante la belecon kaj silenton de la naturo. Sed, kvankam la loko promesis pacon kaj ripozon, Julio kaj la kunuloj restis atentaj kaj singardaj. La memoro de la lastatempa batalo kaj la daŭra misio por savi Cornelia'n instigis ilin al vigleco.

Dum ili marŝis tra la densaj arbaroj, subite ili aŭdis homajn voĉojn – disputantajn kaj sonantan metalon. Julio donis signalon por silento kaj moviĝis al la fonto de la sono. En klara malfermaĵo, armitaj viroj staris, formante cirklon. Kaj en la mezo, ligita per katenoj, estis virina figuro – Cornelia!

Julio, kun koro flamanta kaj mano sur la glavo, estis preskaŭ preta ataki, sed Marko, tenante lian brakon, avertis pri singardemo. "Pli bona estas plano ol blinda atako," li flustris. Tiel, kun silento kaj rapideco, la kunuloj sin poziciigis, preparante embuskon.

En la oportuna momento, Julio kaj la kunuloj, leviĝante per batala krio, sin ĵetis sur la malamikojn. La batalo, akra kaj malespera, komenciĝis. Julio, batalante kun ĉiu forto kaj kolero por

Cornelia, superis la kontraŭulojn. Liaj kunuloj, ne malpli brave, engaĝiĝis en la batalo kontraŭ la malamikoj.

La batalo, kvankam mallonga, estis intensa. Sed, danke al la kuraĝo kaj unueco, Julio kaj la kunuloj eliris kiel venkintoj. La malamikoj, kiuj estis ŝtelintaj la liberecon de Cornelia, nun estis venkitaj kaj kuŝis sur la tero.

Kiam la batalo finiĝis, Julio rapidis al la katenoj de Cornelia, rompante ilin kaj tirante ŝin en liberan brakumon. "Cornelia, fine mi trovis vin," li diris kun voĉo plena de amo kaj reliefo.

Cornelia, kun larmoj kaj rideto miksitaj, ripozis en la brakoj de Julio. "Julio, vi savis min," ŝi flustris, forte ĉirkaŭbrakante lin.

Kiam la vespero venis, Julio kaj la kunuloj, kune kun la liberigita Cornelia, revenis al la bordo. Tie, inter la flamoj de la tendarfajro kaj la milda sono de la maro, ili preparis feston. Manĝaĵo, vino, kaj kantoj plenigis la nokton, dum ili festis liberecon kaj amikecon.

Inter ridoj kaj rakontoj, inter kantoj de ĝojo kaj dankemo, la nokto sur la nekonata insulo pasis pace. La steloj brilis super ili, kaj la ondoj delikate balanciĝis ĉe la bordo. Julio, tenante Cornelia'n apud si, rigardis en la fajron, meditante pri la vojaĝo, kiun ili faris, kaj pri la vivo, kiu kuŝis antaŭ ili.

"Sen dubo, ni superis multajn danĝerojn kaj malfacilaĵojn," diris Julio, "sed kune, ni povas superi ĉion. Ĉi tiu festo ne nur estas por nia venko, sed ankaŭ por la vivo, kiun ni elektas vivi – vivo plena de amo, espero, kaj libereco."

Kaj tiel, sub la nokta ĉielo kaj en la lumo de la fajro, Julio, Cornelia, kaj la kunuloj renovigis siajn ligojn, ne nur kiel kunuloj sed kiel familio. Kvankam la estonteco restis nekonata, ili decidis stari kune, kion ajn la morgaŭo alportos. Sur la nekonata insulo, inter la kanto de la maro kaj la flustro de la ventoj, ili celebris liberecon kaj amikecon, ekbruligante lumojn de espero en la mallumo de la mondo.

En la sekvaj tagoj, dum ili plu esploris la misterojn de la insulo, Julio kaj la kunuloj lernis ne nur pri eksteraj danĝeroj sed ankaŭ pri internaj fortoj. Kiam ĉio necesa por la vivo sur la insulo estis preparita, la trankvilo ofertis iom da espero por nova komenco.

Tamen, la paco ne daŭris. En unu serena nokto, dum ili sidis en la tendaro apud la bordo, subite tumulto eksplodis. Viro, elirinta el la arbaro, kun ĉifita vesto kaj timigita vizaĝo, anoncis, ke la reĝo de la rabistoj, kiun Julio venkis en batalo, pretas por venĝo.

La koro de Julio iĝis malvarma, sed li tuj prepariĝis por nova konflikto. "Ni ne forkuros," li diris. "Ni staris antaŭe, kaj denove ni staros. Ni batalos por ni mem, por nia libereco."

Kiam la aŭroro venis, Julio, armita kaj decidita, pretis por la fina batalo. Liaj kunuloj, montrante fidelecon kaj forton, staris apud li. Dum la suno leviĝis, la arbaro pleniĝis per movado kaj bruo, kaj el la mallumo, la reĝo de la rabistoj kun siaj armitaj viroj eliris.

Julio, sen timo, alfrontis la reĝon de la rabistoj, komencante furiozan batalon. Glavo kontraŭ glavo, forto kontraŭ forto, fine Julio, superinte per kuraĝo kaj lerteco, faligis la reĝon de la rabistoj sur la teron.

La venko, kvankam peza, tamen estis dolĉa. Julio, festata de siaj kunuloj kaj de la insulanoj, estis rekonita ne nur kiel gvidanto, sed ankaŭ kiel heroo. En tiu nokto, dum la fajro brulis alte kaj la gaja kanto resonis, amiko de Julio, kun citaro en mano, intonis novan kanton — kanton pri Julio la Fulisto, venkinto de la reĝo de la rabistoj.

Kanto de Julio la Fulisto

Fulisto granda, Julio brila
Superis la reĝon, faro mirinda,
En sia laboro ŝvitanta,
Per urina odoro venkanta.

"Jen! Fulisto sen timo,
Kontraŭas la reĝon, viro en ploro,
Oro brilas, sed venkas odoro,

Fulisto ridas, laboro finiĝis."

Reĝo de rabistoj, ora kaj riĉa,
Antaŭ Fulisto falas, deklivo malsupren,
"Kie nun estas via gloro?
Venkita per simpla lavado!"

Julio, vestojn tingantajn portanta,
Al la reĝo diras, "Ŝanĝante viajn sortojn,
Mia akvo, mia regno estas,
Urino triumfas, via revo finiĝas."

Ni kantu pri Julio,
Fulisto kuraĝa, amiko de ĝojo,
Kiu purigas la mondon per sia maniero,
Urino kontraŭ oro, vere stranga afero!

"Fulisto superas," la homoj krias,
"Urino kaj ŝvito nun regas,
Julio nia, la vera reĝo,
Purigas kaj esperon donas."

Kiam la kanto finiĝis, sekvis mallonga silento, poste granda
rido. Julio, modesta sed kun ĝoja koro, esprimis dankon, sed en liaj
okuloj, la vera honoro ne kuŝis en la laŭdo de homoj, sed en la amo
kaj respekto de siaj kunuloj.

Kaj tiel, sur la Nekonata Insulo, inter danĝeroj kaj triumfoj, inter
amikecoj kaj amoj, Julio kaj la kunuloj malkovris ne nur eksterajn
fortojn, sed ankaŭ internajn virtojn. La stelplena ĉielo rigardis ilin
de supre, kaj la mildaj ondoj ĉe la bordo kantis, alportante la
melodion de libereco kaj espero.

Terra Neesplorita

Post kiam ili estis kaptitaj de severaj ŝtormoj, densaj nuboj kaj nebuloj, Julio kaj liaj kunuloj perdis sian kurson. Ili navigis tra tumultaj maroj kaj nekonataj vojoj, sen eĉ spuro de tero en vido. Tagojn kaj noktojn ili eraris sur la vasta maro, kun la steloj kaŝitaj kaj la ventoj ŝanĝiĝemaj. "Kien ĉi tiuj nekonataj akvoj portas nin?" demandas Julio, dum li stiras la ŝipon, liaj okuloj angore fiksitaj en la malhelajn ondojn.

La navigado estis plena de danĝeroj. Ili superis terurajn ŝtormojn, kaj ofte, kiam la ventoj trompis ilin, ili vagis en la malhelaj akvoj. Sed iliaj animoj, fortigitaj per freŝaj venkoj kaj la liberigo de Cornelia, ne estis rompitaj. "Tra malfacilaĵoj al la nekonato," flustras Cornelia, starante apud Julio, tenante lian manon.

Post multaj ŝtormoj kaj nebulecaj tagoj, tero finfine aperas en la distanco. La maristoj kaj iliaj kunuloj, elĉerpitaj sed esperemaj, atingas novan bordon. "Tero finfine!" ekkrias Markus, la unua rimarkante la teron. Ĉiuj kolektiĝas ĉe la pruo, arde atendante la nekonatan landon.

Kiam la ŝipoj alproksimiĝas al la nekonataj bordoj, la ora suno lumigas la ĉielon, rivelante la belecon de la naturo. "Kiel mirinda estas ĉi tiu tero!" ekkrias Cornelia, unua elŝipiĝante, admirante la florojn kaj verdajn kampojn.

Esploristoj, gviditaj de Markus, estas senditaj en la profundajn arbarojn por trovi novajn vojojn kaj purajn akvojn. La arbaroj, plenaj de nekonataj bestoj kaj altaj arboj, enkondukas ilin en mirindan mondon. "Ni trovis veran paradizon," krias Markus, farante vojon tra la densa vegetaĵo.

Kiam la suno atingas la zeniton, Julio kaj liaj kunuloj estas gviditaj al vilaĝo de indiĝenoj, kie baldaŭ komenciĝas la ceremonio de la sankta festo de fekundeco. La indiĝenoj, ornamitaj per koloraj vestoj kaj floraj kronoj, prepariĝas por la rito, ĉiuj kolektiĝintaj en la sankta cirklo.

"Χαῖρε," la estro de la indiĝenoj, nomata Theo, salutas Julion, kio en la greka signifas "Saluton". Julio, kiu ne estas nekonato al la lingvo, respondas: "Καὶ σὺ χαῖρε," kio signifas "Kaj vi saluton."

Theo gvidas Julion kaj liajn kunulojn tra la vilaĝo, kie la indiĝenoj estas okupitaj per la preparado de la festo. La virinoj preparas panojn kaj dolĉaĵojn el lokaj fruktoj, dum la viroj kreas elstarajn vinojn kaj aromajn trinkaĵojn. "Ĉi tiu festo," klarigas Theo, "estas dediĉita al Dionizo kaj Demetro, dioj de vino kaj rikolto."

Kiam la vespero alvenas, la festado komenciĝas. Grandaj fajroŝtakoj estas ekbruligitaj en la mezo de la cirklo, kaj aromata fumo plenigas la purpuran ĉielon. "Ĉi tiu fajro," diras Theo, "simbolas vivon kaj renoviĝon, purigante niajn korojn kaj la teron."

La sonoj de muzikistoj, gitaroj kaj flutoj, dolĉe flugas tra la aero, kaj la indiĝenoj komencas siajn sanktajn dancojn. "Venu," invitas Theo, "dancu kun ni en nia rondo de ĝojo." Kaj kun ĉi tiu invito, Julio, Gajo, kaj la aliaj aliĝas al la sankta danco de la indiĝenoj, tenante manojn kaj moviĝante laŭ la ritmo de la tero.

Dum ili dancas, Theo rakontas malnovajn fabelojn pri dioj, heroaĵoj, kaj la fekundeco de la tero. "Ĉi tiuj historioj," li diras, "instruas nin pri vivo, amo, kaj la ciklo de la naturo." Julio, kaptita de la rakontoj, respondas: "Ĉi tiuj fabeloj ne nur estas belaj, sed ankaŭ profundaj, tuŝante la animon kaj la menson."

Post la dancoj, grandioza festeno estas preparita. Longaj tabloj estas ŝarĝitaj per diverskoloraj manĝaĵoj: ekzotikaj fruktoj, spicume kuirita viando, kaj panoj formitaj en diversaj manieroj. "Manĝu kaj trinku," proklamas Theo, "ĝuu la donacojn de la tero!" Kaj tiel, kun ridoj kaj konversacioj, ĉiuj ĝuas ĉe la komuna tablo, komunikante siajn historiojn kaj revojn.

Dum la festo daŭris, Julio kaj Cornelia, sub la lumo de la luno kaj la brilantaj steloj, iomete retiriĝis. "Kiel mirinda estas ĉi tiu nokto," flustris Cornelia, "kaj kiel bela estas ĉi tiu kulturo." Julio, ĉirkaŭbrakante ŝin, diris: "Ĝi estas vere mirinda, kaj en ĉi tiu festado, ni celebras ne nur la teron kaj la diojn, sed ankaŭ la homaron kaj la amikecon inter ni."

Kiam la festo alproksimiĝis al sia fino, Theo alvokis Julion al si kaj etendis al li olivan brançon, simbolon de paco. "Ĉi tiun donacon mi donas al vi kaj viaj kunuloj," li diris, "por ke vi ĉiam memoru la pacon kaj amikecon, kiuj inter ni naskiĝis." Julio, emocie tuŝita, akceptis la brançon kaj diris: "Ĉi tiun memoron ni ĉiam konservos en niaj koroj."

Kaj tiel, sub la signo de paco kaj amikeco, la festado finiĝis. Julio kaj liaj kunuloj, kun novaj amikoj kaj memorindaj spertoj, revenis al siaj ŝipoj, kun koroj plenaj de dankemo kaj renovigitaj spiritoj. Tra ĉi tiu nekonata lando kaj per la sanktaj festoj, ili malkovris ne nur novajn terojn, sed ankaŭ novajn partojn de si mem.

Post la festado, la kunuloj admiris la metiarton de la indiĝenoj. La metiistoj malfermis siajn laborejojn, montrante siajn manlaboraĵojn: vazojn el argilo, tekstilaĵojn plenajn de koloro, kaj ornamaĵojn faritajn el valoraj metaloj. Julio kaj liaj kunuloj marŝis inter la verkoj de la metiistoj, mirante kaj lernante. "Kia majstreco kaj talento!" ekkriis Gajus, rigardante eksterordinaran vazon. "Kiu ajn faris ĉi tion, estas vera majstro."

Plua esplorado kondukis ilin al altaj montoj, kie malnovaj monumentoj kaj kaŝitaj inskripcioj situis. La brila suno lumigis la montojn, ĵetante longajn ombrojn. "Ĉi tiuj ruinoj," diris Theo, la indiĝena gvidanto, kiu akompanis ilin, "estas spuroj de nia antikva urbo." Julio, tuŝante malnovan inskripcion per siaj fingroj, ŝajnis senti la misteron de la loko. "Kiel granda kaj profunda estas ĉi tiu historio!" li diris, kun okuloj plenaj de admiro.

Venado estis aranĝita por la sekva tago, kun la indiĝenoj kaj kunuloj kune enirantaj en la densan arbaron. "Hodiaŭ," anoncis Theo, "ni testos nian kuraĝon kaj kunlaboron." Julio, tenante pafarkon en mano, rigardis en la profundon de la arbaro. Silento, krom la flustradoj de la vento kaj la fora kriado de bestoj, ĉirkaŭis ilin. "En ĉi tiu arbaro," flustris Julio, turnante sin al siaj kunuloj, "nur saĝo kaj harmonio alportos al ni sukceson."

Vespere, kunveninte ĉirkaŭ la fajro, la indiĝenoj komencis rakonti pri la dioj kaj herooj de la loko. La stelplena ĉielo super ili etendiĝis kiel baldakeno. Cornelia, sidante ĉe la fajro, aŭskultis atente la rakontojn. "Tra ĉi tiuj historioj," ŝi diris, "ni lernas pri la tradicioj kaj saĝo de niaj prapatroj."

Kiam venis tempo por adiaŭi, Julio kaj liaj kunuloj, kun pezaj koroj sed ankaŭ renovigitaj per espero, revenis al la bordoj. Riĉigitaj per novaj amikecoj kaj memoroj, ili revenis al siaj ŝipoj. "Adiaŭ, niaj amikoj," kriis Julio al la kunvenintaj indiĝenoj. "Ni dankas vin pro via gastamo kaj la saĝo dividita kun ni."

La ŝipo malproksimiĝis de la bordo, la mildaj ondoj flustrante al la noktaj steloj. "Kia nova aventuro atendas nin?" meditis Julio, rigardante en la maron. Cornelia, starante ĉe lia flanko, apogis sian manon sur lia. "Kun vi, Julio, kien ajn la vojaĝo kondukas nin, ni estos pretaj."

Kaj tiel, sub la brilantaj steloj, Julio kaj liaj kunuloj navigis en la nekonatan estontecon, kun koroj plenaj de novaj revoj kaj senfina espero. La maro antaŭ ili etendiĝis, nekonataj teroj kaj novaj historioj ankoraŭ por esti skribitaj vokis ilin. En ĉi tiu nova parto de ilia vojaĝo, ili povus malkovri ne nur nekonatan teron, sed ankaŭ novajn flankojn de si mem.

Flumoj kaj Arbaroj

Post kiam ili levis la velojn for de la insulo, kie ili superis danĝerojn kaj malhelajn aventurojn, Julio kaj liaj kunuloj navigis tra vastaj kaj nekonataj maroj. Tagojn kaj noktojn, sub la malferma ĉielo kaj inter ofte minacaj ondoj, la vasteco de la maro ĉirkaŭis ilin. La alta, brulanta suno, la brilaj noktaj steloj, kaj la plena luno gvidis ilin dum ilia vojaĝo.

La volo de la dioj portis ilin en nesekuran vojaĝon, kvazaŭ en greka tragedio, kie la sorto kaj diaj juĝoj gvidas la vojojn de homoj. Julio kaj liaj kunuloj, ne sciante kion la dioj preparis por ili, estis portataj en nekonatajn akvojn, sekvante la signojn de ventoj kaj steloj, kvazaŭ pupoj en la manoj de ludantaj dioj.

Kiam favoraj ventoj kaj trankvila maro akompanis ilin, ili finfine alvenis al novaj teroj. Neesploritaj bordoj, kun altaj arboj kaj densaj arbaroj, etendiĝis antaŭ iliaj okuloj. "Jen nova tero!" ekkriis Cornelia, starante ĉe la pruo, montrante al la verda kaj florplena pejzaĝo. La kunuloj, aŭdinte ŝian voĉon, ekmiris kaj estis plenigitaj de ĝojo.

Julio, kun soleneco kaj atendo, unua malsupreniris de la ŝipo, sentante la sablon sub siaj piedoj. "Ĉi tio estas la komenco de nova etapo de nia vojaĝo," li diris, invitante siajn kunulojn sekvi lin surteren. Kun ŝarĝoj kaj ekipaĵoj, ili eliris el la ŝipoj, esplorante la novan teritorion, plenaj de espero.

Ili alvenis al la bordoj de granda rivero, kies klaraj kaj puraj akvoj murmuretis inter la arboj de la arbaro. "Tra ĉi tiu rivero," proponis Julio, etendante sian manon al la akvo, "ni gvidos nian vojaĝon." Sekve, ili direktis la ŝipojn al la rivero, sekvante la fluon en la profundon de la tero, suprenirante laŭ la rivero.

Sed la navigado ne estis sen danĝeroj. Dum ili supreniris laŭ la rivero, subite turbulentaj ondoj kaj vorticoj aperis, minacante la ŝipojn. "Teniĝu firme!" kriis Julio, dum altaj ondoj frapis la ŝipojn. La kunuloj, laborante forte kun la remiloj, batalis kune kun la maristoj por konservi la ŝipojn sur rekta kurso.

Inter la laboro kaj la tumulto, subite krio eksonis de la riverbordo. Armitaj viroj eliris el la arbaro, celante sagojn al la ŝipoj. "Insido!" ekkriis Marko, instigante siajn kunulojn al defendo. Akra konflikto komenciĝis, dum Julio kaj liaj kunuloj, uzante remilojn kaj ŝildojn, repuŝis la atakon de la malamikoj.

Dum la batalo daŭris, unu el la ŝipoj koliziis kun roko kaj disrompiĝis. "Ho, kunuloj, helpu!" ekkriis Gajus, naĝante en la akvo. Julio, sen hezito, saltis en la akvon, tirante Gajon al la bordo. La kunuloj, vidante ilian kuraĝon, plifortiĝis en sia decidemo, kaj finfine sukcesis repuŝi la malamikojn.

Post la konflikto, kiam la trankvileco de la rivero revenis, la kunuloj kolektiĝis ĉe la bordo, prizorgante siajn vundojn kaj taksante la damaĝojn. "Ĉi tiu batalo faris nin pli fortaj," diris Julio, inter doloro kaj reliefo. Cornelia, diligente prizorgante la vunditojn, helpis levi la spiritojn de ĉiuj.

Kiam la nokto alproksimiĝis, ili starigis tendaron ĉe la riverbordo kaj ekbruligis grandan fajron. Julio, sidante apud la fajro, meditis pri la eventoj de la tago kaj pri la estonta ekspedicio. "Kvankam estas danĝeroj, nia celo restas," li diris, kuraĝigante siajn kunulojn resti persistemaj.

Dum la steloj lumigis la noktan ĉielon, Julio dividis aŭdacan planon kun siaj kunuloj. "Tra ĉi tiu arbaro," li montris, "nia vojaĝo estos plena de danĝeroj, sed ĝi ankaŭ alportos novajn esperojn." Cornelia, subtenante Julion, konfirmis: "Kune ni superos ĉion."

Matene, post mallonga sed necesa ripozo, Julio kaj liaj kunuloj, armitaj kun nova scio kaj ekipaĵo, komencis sian vojaĝon tra la densa kaj malhela arbaro. La rivero gvidis ilin al novaj teroj kaj nekonataj loĝantoj, kie eble ili trovos respondojn al siaj demandoj.

Kiam la suno leviĝis pli alte en la ĉielo, la esploristoj malkovris signojn de nova kolonio apud la rivero. "Jen," diris Julio, rigardante la homajn spurojn en la koto, "ni ne estas solaj." Kun singardo kaj espero, ili antaŭeniris al novaj teroj kaj nekonataj eblecoj, kun koroj plenaj de aŭdaco kaj okuloj malfermaj al la estonteco.

Montetoj kaj Valoj

La kunuloj supreniris altajn montetojn, spertante la malvarman aeron kaj ĝuante la belegajn vidaĵojn. "Kiel altaj estas ĉi tiuj montetoj!" ekkriis Gajus, peze spirante pro la alteco. "Sed kiom da beleco!"

En sekreta valo, ili trovis la restaĵojn de antikva urbo. Malnovaj ruinoj kaŝiĝis inter herboj kaj floroj. "Kia historio ĉi tie kaŝiĝas?" meditis Julio, tuŝante rompitajn murojn kaj antikvajn kolonojn.

Julio kaj Cornelia, amantoj de botaniko, kolektis rarajn plantojn kaj florojn en la montetoj. "Vidu, Cornelia, ĉi tiun nekonatan planton!" diris Julio, montrante verdan folion. "Ni devus esplori ĉi tion," konsentis Cornelia, metante la planton en sian sakon.

Nokte, ĉirkaŭ la fajro, la kunuloj filozofiumis pri la vivo kaj la universo. La steloj brilis en la ĉielo, kaj la kraketado de la fajro gvidis ilin al profundaj pensoj. "Kio estas la vivo?" demandis Marko, meditante. "Eble vojaĝo al saĝeco," dolĉe respondis Cornelia.

En la montetoj, ili renkontis lokajn paŝtistojn, kiuj montris al ili sekurajn vojojn. "Per ĉi tiu vojo, estas malpli da danĝero," diris paŝtisto, nomata Titus, montrante sian bastonon al la vojeto. "Dankon al vi," diris Julio, manprenante la paŝtiston.

Dum la kunuloj paŝis tra densaj nebuloj kaj malnovaj arbaroj, mistika atmosfero ĉirkaŭis ilin. Julio, la kuraĝa gvidanto, antaŭiris, serĉante la vojon tra la ombroj kaj silento. "Atentu," li diris, "ke ni ne deviu de la pado. Ĉi tiu arbaro facile povus nin trompi."

Cornelia, marŝante proksime al Julio, tuŝis malnovan branĉon, sentante ĝian teksturon kaj malvarmon. "Mi sentas la historion de ĉi tiu loko en miaj ostoj," ŝi flustris, penetrante la nebulojn per siaj okuloj. Marko kaj la aliaj kunuloj, aŭdinte tion, proksimiĝis unu al la alia, sentante la pezon de tempo kaj historio, kiu ĉirkaŭis ilin.

Antaŭenirante, ili atingis vastan kaj malluman kavernon. Enirante, kun la malforta lumo fluanta de lanternoj, ili komencis esplori la murojn. Pentraĵoj, kun palaj koloroj sed klaraj formoj, rakontis pri la vivoj kaj legendoj de antikvaj tempoj. "Vidu ĉi tion," ekscitiĝis Cornelia, montrante pentraĵon kie homoj kaj bestoj ŝajnis vivi en harmonio. "Eble ĉi tie iam homoj vivis en paco kun la naturo."

Gajus, starante proksime al la muro, sekvis la liniojn kaj figurojn per siaj fingroj. "Ĉi tiuj bildoj, mi kredas, temas pri dioj kaj spiritoj de ĉi tiu loko," li komentis, turnante sin al la kunuloj. "Eble ni staras sur sankta tero." Liaj vortoj enigis gravecon kaj respekton en la korojn de ĉiuj kunuloj.

Subite, el malluma angulo de la kaverno, leĝera sono aŭdiĝis. Julio, tuj atenta, levis sian manon, indikante al la aliaj ke ili silentu. "Io estas ĉi tie kun ni," li flustris. Ĉiuj staris senmove, aŭskultante la mallumajn eĥojn de la kaverno.

El la ombroj, malgranda kaj timida figuro, indiĝena knabino, emerĝis. "Ne timu," ŝi diris per tremanta voĉo, kiu mirige estis komprenebla al la kunuloj. "Ni ne venis ĉi tien por damaĝi," respondis Julio, per milda kaj paciga voĉo. La knabino, nomata Aelia, rakontis pri la arbaro, la kaverno, kaj la misteroj kiuj loĝas en ili.

Aelia gvidis ilin al kaŝita fonto en la profundoj de la arbaro, kie laŭdire fluas pura kaj kuraciga akvo. "La akvo de ĉi tiu fonto," klarigis Aelia, "povas resanigi malnovajn malsanojn kaj suferojn." La kunuloj, dankemaj kaj mirigitaj, gustumis la akvon, sentante renovigon kaj novajn fortojn.

Kiam la krepusko proksimiĝis, Aelia gvidis ilin al sia tribo, kie ili estis akceptitaj per varma gastamo kaj amikeco. Tiun nokton, sub la steloj kaj ĉirkaŭ la fajro, ili dividis historiojn, manĝaĵojn, kaj kantojn kun novaj amikoj. "Ĉi-nokte," diris Julio al la kunuloj, "ni spertas la veran unuecon inter homoj kaj naturo."

Antaŭ la foriro, la tribestro, nomata Caelus, donis benon kaj protekton por ilia vojaĝo. "Vi ĉiam restos en niaj koroj," li diris, rigardante en la okulojn de Julio kaj Cornelia. "Kaj vi en la niaj," respondis Julio, manprenante Caelus.

Tiel, kun novaj amikoj kaj memorindaj spertoj, la kunuloj lasis la valojn kaj antaŭeniris al novaj landoj kaj novaj danĝeroj, iliaj spiritoj plifortigitaj de la misteroj kaj magio de la arbaroj kaj altaj montetoj. Kiam nova suno leviĝis, nova espero renaskiĝis en iliaj koroj, pretaj alfronti ĉion, kio venos.

Ili alfrontis naturajn danĝerojn, kiel terglitojn kaj ŝtormojn. La vento blovis forte, kaj la pluvo falis peze. "Ni restu fortaj!" kriis Julio, instigante siajn kunulojn al kuraĝo.

Ili festenis kun la montanoj, gustumante lokajn manĝaĵojn kaj trinkaĵojn. "Jen estas monta fromaĝo," diris montano, nomata Lucius, montrante pladon plenan de fromaĝo. "Bongusta!" laŭdis Cornelia, ĝuante la guston de la nova manĝaĵo.

Kun novaj amikoj kaj memoroj, ili forlasis la montetojn, malsuprenirante al la finaj landoj. "Adiaŭ, novaj amikoj!" diris Julio, levante sian manon al la montanoj. "Ni memoros ĉi tiun lokon," aldonis Cornelia, rigardante al la verdaj valoj.

La kunuloj, kun koroj plenaj de dankemo kaj memoroj, daŭrigis sian vojaĝon, malsuprenirante al novaj esploroj kaj danĝeroj, ĉiam memorante la misterojn de la montoj kaj la amikecon, kiun ili trovis en la altecoj.

Dezerto kaj Oazo

La kunuloj eniras vastan dezerton, pelataj de la ardanta suno kaj soifo. "Kiom senfina estas ĉi tiu loko!" ekkriis Marko, viŝante la ŝviton de sia frunto. "Sed ni devas daŭrigi," respondis Julio, protektante siajn okulojn kontraŭ la sunlumo.

Nokte, sub la stela ĉielo, ili meditas pri sia vojo tra la dezerto. "Kiel bela estas la nokta ĉielo!" diras Cornelia, rigardante la brilantajn stelojn. "La steloj nin gvidas," aldonas Julio, etendante sian manon al la konstelacioj.

Meze de la vasta dezerto, ili subite trovas oazon, kiu provizas rifuĝon. Ili vidas la klarecon de la akvo kaj la frondojn de palmoj, kaj eksultas. "Jen savo!" ekkrias Gajus, rapide alkurante al la fluanta akvo.

Cornelia lernas pri la dezertaj plantoj kaj iliaj kuracaj uzoj. La lokaj loĝantoj de la oazo malkaŝas al ŝi la misterojn de la naturo. "Ĉi tiu herbo sanigas febrojn," klarigas loka virino, nomata Amara, montrante verdan planton.

Apud la oazo, ili renkontiĝas kun aliaj vojaĝantoj, dividante rakontojn kaj novaĵojn. Ili sidas nokte ĉirkaŭ la fajro, rakontante historiojn pri malproksimaj lokoj kaj mirindaj aventuroj. "Kiel diversaj estas niaj vojaĝoj!" partoprenas Julio en la konversacio.

Ili ĝuas ludojn kaj konkursojn kun la lokaj loĝantoj de la oazo. Estas organizitaj kuroj kaj pilkludoj. "Ni amas ĉi tiun ludon!" krias knabo de la oazo, ĵetante la pilkon en la aeron. Kunuloj kaj lokaj loĝantoj unuiĝas en rido kaj ludoj.

Julio kaj la kunuloj trovas antikvan fonton kaj inskripciojn sur ŝtono. "Kion signifas ĉi tiuj vortoj?" demandas Julio scivole, rigardante la antikvajn inskripciojn. "Ĉi tie estas la saĝo de la antikvuloj," respondas la gvidanto de la oazo, klari, klarigante la misteron de la loko.

Subite danĝero aperas en la dezerto; sabla ŝtormo ekfuriozas, sed en la oazo ili trovas sekurejon. La vento estas forta, kaj la sablo mallumigas la ĉielon. "Enen, rapide!" krias Amara, gvidante ĉiujn al sekura loko.

Ilia vojaĝo tra la dezerto daŭras, gvidataj de la noktaj steloj kaj mildaj ventoj. "Kun ĉi tiuj signoj ni trovos la vojon," diras Julio, rigardante la Polusan Stelon, gvidante la kunulojn tra la nokto.

Post multaj tagoj kaj noktoj, ili finfine transpasas la limojn de la dezerto, alvenante al verdaj kaj florplena tero. "Rigardu, la fino de niaj penoj!" ekkriis Cornelia, montrante la verdajn kampojn kaj klarajn riverojn. "Finfine, nova lando!" ĝoje konfirmas Julio. La kunuloj, kun renovigita espero kaj ĝojo, eniras la novajn terojn, pretaj por novaj aventuroj kaj esplorado de nekonataj danĝeroj.

Perdita Urbo

La kunuloj malkovras la ruinojn de antikva urbo, plenajn de misteroj kaj historioj. "Kia urbo ĉi tio iam estis?" diras Julio mirante, rigardante la antikvajn pordegojn kaj falintajn murojn.

Julio kaj la kunuloj marŝas laŭ ŝtonaj vojoj kaj tra ruinigitaj konstruaĵoj. "Ĉu vi sentas la historion de ĉi tiu loko?" flustras Cornelia, metante sian manon sur la malvarman ŝtonon. "Ĉiu ŝtono rakontas rakonton," aldonas Marko, rigardante la ruinojn.

En la centro de la urbo, ili esploras grandan templon dediĉitan al unu dio. Altaj kolonoj leviĝas al la ĉielo, kun skulptaĵoj kaj sanktaj inskripcioj gravuritaj sur la muroj. "Kiel impona ĉi tiu templo devas esti estinta!" ekkrias Gajus kun admiro.

Kiam la kunuloj alproksimiĝas al malnova biblioteko, ili trovas nenion krom la restaĵoj de malnovaj tendaroj kaj cindro. "Ni atendis trovi librojn ĉi tie," diras Julio malĝoje, sentante la cindron kaj teron sub siaj fingroj. "Sed ĉio pereis."

Cornelia, esplorante tra la ruinoj, observas bruligitajn lignofragmentojn kaj nigrajn ŝtonojn. "Eble ĉi tie iam estis konservata saĝeco," ŝi meditas, kun malĝojo en sia voĉo. "Sed nun restas nur cindro kaj forgeso," aldonas Marko, ĉirkaŭrigardante la dezolon kaj sentante la silenton de la loko.

Meze de la detruo, Julio trovas duonbruligitan paperfragmenton, kiun li delikate tenas inter siaj fingroj. "Ĉi tio estas ĉio, kio restas," li diras, rigardante la fragilan restaĵon. "La memoro de ĉi tiu loko, perdita en fajro kaj polvo." Gajus, starante ĉe ĉi tiu malgaja vidindaĵo, klinas sian kapon, pripensante, kion ĉi tiu loko iam enhavis.

En la antikva forumo, ili trovas signojn de ĉiutaga vivo kaj komerco. Ruinitaj butikoj kaj la aranĝo de la ŝtonaj stratoj montras iam vibrantan merkaton. "Kiom da aferoj ĉi tie okazis," meditas Julio.

Julio pripensas pri la falo de imperioj kaj urboj. "Kiel rapide la gloro de la mondo pasas," li diras, rigardante la dezolatan ĉielon. "Sed el la ruinoj, ni povas lerni," aldonas Cornelia kun konsolo.

Nokte, sub la ruinoj, ili pripensas pri estontaj urboj kaj socioj. La steloj super ili brilas, per antikva kaj neŝanĝebla lumo. "Kion la estonteco portos al ni?" flustras Marko en la mallumo. "Eble pli bonajn tempojn," esperas Julio.

Sub la silento de la nokto, la kunuloj sidiĝas ĉirkaŭ la fajro, la lumoj de la flamoj reflektiĝantaj en iliaj okuloj. Mildega vento, portanta misterajn murmurojn tra la ruinoj, tuŝas iliajn animojn. Julio, mergita en profundajn pensojn kaj kontemplante la stelplenan ĉielon, meditas pri la fluo de tempo kaj historio.

"Tempoj ŝanĝiĝas," li diras, "kaj ni ŝanĝiĝas kun ili. Kion ĉi tiuj restaĵoj diros pri ni kaj niaj agoj?" Per peza voĉo, li parolas ne nur al la kunuloj, sed ankaŭ al la ventoj kaj la silento de la nokto.

Cornelia, sidante ĉe lia flanko, rigardas lian vizaĝon en la lumo de la flamoj, resonante kun liaj pensoj. "Eble," ŝi diras milde, "ni estas tiuj, kiuj skribas novajn paĝojn de historio, portante lumon en la mallumon."

Tiam, kiam la nokto fariĝas pli densa, la trankvilo kaj meditado de Cornelia estas interrompitaj per subita vizio. En sia vivida songo, la pasinteco kaj la estonteco kunfandiĝas, transirante tempojn kaj memorojn. Ŝi vidas sin ne kiel vojaĝanton de ĉi tiu tempo, sed kiel atestanton de la eternaj cikloj de la homaro.

Kiam ŝia vizio fariĝas pli intensa, furiozaj homamasoj kaj la fumo de brulantaj bibliotekoj forpasas antaŭ ŝiaj okuloj. Krioj kaj flamoj, lumo kaj vero transformiĝas en cindron. Cornelia, kun tremanta koro, trovas sin inter la ruinoj ne nur de ĉi tiu urbo, sed ankaŭ de la homa spirito.

Tamen, inter la mallumo kaj la furiozo de la flamoj, iu espero persistas. "Ni renaskiĝos el la cindroj," ŝi flustras al si, interpretante sian vizion ne kiel la finon, sed kiel la komencon de nova saĝo kaj kompreno. En sia vizio, eĉ en la ruiniĝo, ŝi vidas la semojn de estonta lumo.

Vekiĝinte el la vizio, ŝi rakontas al siaj kunuloj, kiuj zorge rigardas ŝin, kion ŝi vidis kaj sentis. Iliaj okuloj, nun serĉantaj lumon en la mallumo, vidas en ŝi novan esperon kaj decidemon. Cornelia, kvankam ŝokita, nun ŝajnas pli forta kaj pli certa.

"La mallumo instruas al ni serĉi la lumon," ŝi diras, rigardante la stelojn. "Kaj el perdita saĝo, ni povas trovi novan." Ŝiaj vortoj, kiel la nokta aero, fluas tra la silenta ruino, antaŭdirante estontecon nekonatan, sed plenan de eblecoj.

Kiam la nokto profundiĝas, Cornelia spertas turmentan vizion. Ŝi vidas sin kaj siajn amikojn marŝantajn inter la ruinoj, same kiel kelkajn horojn antaŭe. Poste, ŝi vidas la Romanan mondon memdetruanta, fanatikaj homamasoj bruligante bibliotekojn, reduktante la scion de Eratosteno kaj aliaj saĝuloj al cindro, enkaptitaj en frenezo. La vizio premas ŝian koron, sed ankaŭ pli forte instigas ŝin serĉi la veron, kiu kuŝas kaŝita en la cindroj de la antikvaj libroj.

Regna Pordoj

Kiam la kunuloj atingas la limojn de la Bospora Regno, ili ne trovas grandiozajn pordegojn aŭ armitajn gardistojn, sed malgrandan kaj kamparan vilaĝon. "Kiel modesta estas ĉi tiu enirejo!" elspiras Julio, laca kaj malpura, rigardante la simplajn domojn kaj polvokovritajn vojojn. "Sed mi esperas, ke ni povos trovi ripozon ĉi tie," aldonas Cornelia, kun laceco en sia voĉo, trenante siajn dolorantajn piedojn.

Enirante la vilaĝon, preskaŭ nevideblaj inter la simplaj kaj okupataj loĝantoj, ili serĉas trankvilan lokon por ripozi. "Eble ĉi tie," diras Marko, montrante al malgranda trinkejo, "ni povos trovi manĝaĵon kaj ŝirmejon." La kunuloj, gvidataj de espero, malrapide alproksimiĝas al la trinkejo, timeme frapante ĉe la pordo.

La trinkejisto, viro de simpla aspekto kaj bonkora mieno, akceptas ilin. "Saluton, vojaĝantoj," li diras, "Kion mi povas oferti al vi?" Julio, kun dankemo, petas, "Ĉambron por dormi kaj ion por manĝi, bonvolu." Movita de kompato, la trinkejisto respondas, "Venu, ĉi tie estas loko, kie vi povas ripozi."

La kunuloj estas lokitaj en trankvila angulo de la trinkejo, kie ili ricevas kamparan manĝaĵon kaj puran akvon. "Ni estas tiel dankemaj pro via gastamo," diras Julio al la trinkejisto, akceptante la manĝaĵon. Cornelia, gustumante la manĝaĵon, flustras, "La vera gusto ĉi tie estas la vivo," mildigante sian longdaŭran malsaton.

Post la vespermanĝo, la trinkejisto rakontas al ili pri la vivo en la vilaĝo, pri la kampoj, riveroj, kaj montoj, kiuj ĉirkaŭas la regnon. "La vivo ĉi tie estas trankvila," li diras, "sed ankaŭ plena je laboro kaj amo." Julio kaj la kunuloj, aŭskultante, meditas pri la simpleco kaj paco de kampara vivo.

Nokte, kuŝante sur pajlo, ili rigardas la stelojn tra la fenestro de la trinkejo, pripensante la longan vojon, kiun ili jam trapasis. "Kiom longe ni venis," diras Cornelia, kuŝante sur la pajlo, "kaj tamen, en simplaj lokoj, ni povas trovi veran pacon."

La sekvan tagon, post bona nokta ripozo, la kunuloj dankas la trinkejiston kaj preparîĝas por daǔrigi sian vojaĝon. "Dankon pro via bonkoreco," diras Julio, premante la manon de la trinkejisto. "Via gastamo ne estos forgesita."

Elirante el la vilaĝo, la kunuloj, kun renovigita espero kaj vigleco, daǔrigas al novaj landoj kaj estontaj aventuroj.

Regno Bosporo

Kun la nova tago, Julio kaj la kunuloj, post ripozo en la vilaĝo, direktiĝas al la ĉefurbo de la Bospora Regno, kun mensoj plenaj de espero kaj scivolemo. Ili marŝas laŭ polvokovritaj vojoj kaj tra oraj kampoj, observante la fekundan teron kaj viglajn urbojn. "Kiel majesta estas ĉi tiu regiono!" ekkrias Marko, admirante la vastan pejzaĝon. "Sed ni ankoraŭ devas atingi la grandan urbon," aldonas Julio, zorgeme gvidante la vojon.

Enirante malgrandan vilaĝon proksime al la urbolimoj, la loĝantoj bonvenigas ilin, sed ankaŭ avertas ilin. "Aŭskultu, vojaĝantoj," diras vilaĝano kun sulkigita frunto, "militaj onidiroj cirkulas. Eniru la grandan urbon kun singardo." Julio, akceptante la konsilon, respondas, "Dankon pro via averto," pretigante sin por eventualaj danĝeroj.

Alvenante ĉe la urbaj pordegoj, ili ne trovas reĝan pompon nek delegitojn, sed altan muron kaj fermitajn pordegojn. "Kion ĉi tio signifas?" demandas Cornelia, alproksimiĝante al la gardistoj, kiuj gardas la pordegojn. "Kial la urbo estas fermita?" Sed la gardistoj restas silentaj, nur indikante, ke ili ne povas eniri.

La kunuloj, malakceptitaj sed ne venkitaj, prenas decidojn. "Ĉi tie ne estos nia fino," diras Julio, "Ni serĉu alian vojon." Ili ĉirkaŭiras la urbon, serĉante sekretajn kaj mallarĝajn vojojn, kiuj povus konduki ilin al la koro de la urbo.

En la apudaj vilaĝoj, ili trovas gastamon ĉe afabla gastiganto, kiu rakontas pri la tumultoj kaj la timo de milito. "La granda urbo nun estas plena de tumultoj kaj necertecoj," klarigas la gastiganto, "sed en mia domo vi estas sekuraj." Julio kaj la kunuloj, esprimante dankon, restas kelkajn tagojn, pripensante siajn sekvajn paŝojn.

Dum la nokto, kiam la steloj brilas en la ĉielo kaj la ĉirkaŭa arbaro ofertas trankvilon, la kunuloj diskutas ĉe la fajro pri estontaj planoj. "Eble," diras Marko, "en ĉi tiuj malfacilaj teroj ni povas trovi novan vojon al paco." Cornelia, rigardante la flamojn, dolĉe aldonas, "En ĉiu loko, eĉ en la ombro de milito, espero povas esti trovita."

Post tagoj de pripensado kaj konsiliĝo, Julio decidas preni la gvidadon. "Ni iros tra arbaroj kaj montoj," li diras, "eble tra la naturo, ni trovos la veron." La kunuloj, kun renovigita espero, estas pretaj sekvi, kvankam la vojaĝo estos malfacila kaj plena de necertecoj.

Ili vojaĝas tra densaj arbaroj kaj kaŝitaj valoj, ĉirkaŭitaj de la beleco kaj grandeco de la naturo. Foje, ili ŝajne aŭdas la sonojn de armiloj kaj trumpetoj en la malproksimo, sed en la sino de naturo, ili trovas pacon kaj solecon, kiuj revigligas iliajn animojn.

Kiam ili finfine eliras el la arbaroj kaj eniras pli malferman regionon, ili malkovras novan kaj ne atenditan vidaĵon antaŭ si: fekundaj valoj kaj klaraj riveroj, sed ankaŭ, de malproksime, la fumon de tendaroj kaj signojn de konfliktoj. "Jen," montras Julio, "la realo de ĉi tiu regno, dividita inter beleco kaj milito."

Decidemaj, sed pli singardaj, Julio kaj la kunuloj antaŭeniras al la finaj partoj de la Bospora Regno, esplorante ne nur la fizikajn terojn, sed ankaŭ la internajn konfliktojn. "Kion ajn ni trovos," Julio diras al la kunuloj, "ni estas pretaj por ĉio, kun saĝo kaj forta koro."

Neatendita Sorto

Dum ili trankvile esploras la Bosporan Regnon, subite ŝanĝo en la aero sentiĝas. Forta Scito, nomata Alariko, eliras el la homamaso, fikse rigardante unu el la kunuloj, Cornelia. Alta kaj kun penetraj okuloj, li observas Cornelian, kvazaŭ kaptita en songo. "Kiu estas tiu virino, tiel bela kvazaŭ diino?" Alariko, apenaŭ aŭdeble, flustras al sia amiko Lykono, tute fascinita de la beleco kaj gracio de Cornelia.

Alariko, kiu elstariĝis en multaj malfacilaj bataloj, tuj estas ensorĉita de ĉi tiu nekonata virino. "Ŝi estas kiel plenluna nokto, superante ĉiujn stelojn," li pensas al si mem, nekapabla forturni la okulojn de la figuro de Cornelia. Kun koro plena de nova pasio, li ne povas resti sidanta; li sentas sin tirata al ŝi, kvazaŭ gvidata de la sorto.

Dum festeno, kiun la kunuloj ĝuas kun la loĝantoj de la Bospora Regno, Alariko kaptas la okazon. Per decida paŝo, sed kun tremanta koro, li alproksimiĝas al Cornelia, tenante en sia mano oran juvelon, kiun li akiris en multaj bataloj. "Mi alportas al vi ĉi tiun donacon, ho virino, kiu regas mian menson," diras Alariko per malalta, sed varma voĉo, etendante la juvelon al Cornelia. Cornelia, akceptante la donacon, kun miksaĵo de dankemo kaj miro sur sia vizaĝo, dolĉe respondas, "Mi dankas vin," sed en ŝiaj okuloj estas kaŝitaj iom da konfuzo kaj zorgo.

Julio, staranta ne malproksime, observas ilin, plena de suspekto kaj maltrankvilo. "Kion celas ĉi tiu Alariko?" Julio flustras al Marko kun maltrankvila esprimo. Marko, metante la manon al sia mentono, respondas: "Estas malfacile diri, Julio; Alariko estas viro de potenca famo, sed liaj intencoj estas neklaraj. Ni devas esti singardaj."

Subite, en la ombro de la nokto, kiam nur la steloj lumigas la ĉielon, Alariko kaj liaj Scitaj kunuloj, moviĝante silente kaj rapide kiel lupoj, alproksimiĝas al Cornelia. Antaŭ ol iu ajn el la kunuloj povas reagi, Cornelia estas forkaptita, ŝiaj krioj resonante en la nokto. "Julio!" ŝia malespera voĉo eĥas tra la arbaro, sed la Scitoj, konfidante sian noktan sperton, rapide kondukas ŝin en la mallumon.

Julio, terurigita kaj kolera, tuj ekagas kun siaj kunuloj. "Ni devas liberigi Cornelion!" li ekkrias per voĉo plena de kolero kaj determino. Sen prokrasto, ĉiuj prenas siajn armilojn kaj eniras la mallumajn arbarojn, de kie la rabistoj malaperis.

Tra densaj arbaroj kaj nebuloj, la kunuloj, unuiĝintaj en koro kaj animo, sekvas la spurojn. "Jen! Spuroj de ĉevaloj!" krias Gaius, sperta en ĉasado, montrante signojn sur la tero. Sed la arbaro estas plena de danĝeroj; venenaj serpentoj siblas kaj mallumaj branĉoj minacas. "Atentu tiujn serpentojn!" krias Marko, preskaŭ falante en danĝeron, dum la aliaj tiras lin for de certa morto.

La nokto profundiĝas, kaj rakontoj pri tiuj landoj reviviĝas en la memoro – rakontoj pri Amazonoj kaj batalpretaj virinoj, kiuj laŭ onidiroj gardas ĉi tiujn arbarojn. "Oni diras, ke ĉi tiujn arbarojn gardas fortaj kaj ne timemaj virinoj," Marko, kun iom tremanta voĉo, flustras al Julio, dum ili plu iras tra la ĉiam pli nepenetrebla arbaro.

Dume, Julio, ne nur la gvidanto de la ekspedicio sed ankaŭ amiko kaj protektanto, parolas kun lokanoj, kiuj konas la lingvon kaj kutimojn de la loko. "Ĉu vi vidis virinon, forportitan de armitaj viroj?" li demandas angore, tenante sian lastan esperon. La indiĝeno, kun okuloj plenaj de kompato, respondas: "Jes, ili kondukis ŝin al la norda parto de la arbaro." Julio, kun revigligita spirito, ekkrias, "Do ni sekvu!" dankante la indiĝenon pro la helpo.

En la profundaj horoj de la nokto, Julio kaj la kunuloj, laciĝintaj sed ne venkitaj, kaptas novan esperon, trovante klaran kaj freŝan spuron. "Ili estas ĉi tie! Ili ankoraŭ estas proksime!" Julio ekkrias per ekscita kaj esperplena voĉo. Kaj tiel, inter la malvarmo de la nokto kaj la necertecoj de la arbaro, kun firma koro kaj renovigita espero, ili aŭdace antaŭeniras tra mallumaj valoj kaj sub la lumo de la alta luno, portante en la mallumon la lumon de amikeco kaj espero, determinite liberigi Cornelion el la manoj de la malamikoj.

Spuroj de Alariko

Post kiam ili eliris el la Bospora Regno, Julio kaj la kunuloj, lacigitaj de la vojaĝo tra montoj kaj vojoj, serĉas la spurojn de Alariko. "Ni ne ĉesos," asertas Julio, kovrita de ŝvito kaj polvo, grimpante sur malfacilan monton. "Cornelia estas en la manoj de la malamikoj; ni devas ŝin liberigi."

Tra densaj arbaroj kaj obskuraj valoj, Julio kaj la kunuloj alfrontas novajn kaj malnovajn danĝerojn. Dum la vojaĝo, lokanoj, suspektindaj sed samtempe scivolemaj, avertas ilin pri la Scitoj kaj la lokaj kutimoj. "Ĉi tiu tero, la lando de la Scitoj, estas plena de danĝeroj," serioze avertas maljuna viro, vestita en malnova robo. Sed Julio, kun kora forto kaj decidemo, respondas, "Por nia Cornelia, ni superos ĉion sub la ĉielo."

Inter la danĝeroj de la arbaro, subite okazas ridinda kaj amuza evento. Marko, dum li iras tra densaj arbustoj, tuŝas pendantan branĉon kaj subite falas malantaŭen, trafante fangoplaton. "Jen nia nova reĝo de la koto!" mokas Gaius, dum la ceteraj apenaŭ retenas siajn ridojn. Marko, kun vizaĝo kaj vestaĵoj kovritaj de koto, diras, "Eble nun mi pli bone komprenas la saĝecon de la tero!" Ĉiuj, liberigitaj en rido, por mallonga tempo forgesas la timojn de la arbaro.

Ili rekomencas sian marŝon, sed nun kun pli malpeza koro, post kiam Marko travivis sian "bapton de koto." Dum ili iras tra la arbaro, ili subite renkontas malgrandan kaj scivoleman leporon, kiu sen timo alproksimiĝas al Julio kaj flaras lian piedon. "Ŝajnas, ke ni trovis novan gvidanton," ridas Cornelia, vidante la leporon, kiu nun esploras la ŝuon de Julio. Eĉ en danĝero, la simplaĵoj de la naturo povas ilin instigi al ridado.

Ili daŭrigas sian vojaĝon kaj eliras en malferman kampon, kie aperas grupo de vagantaj ŝafoj. Dum la ŝafoj krucas ilian vojon, la kunuloj konfuziĝas kaj eksplodas en rido, kiam Gaius, provante kapti la forkurantajn ŝafojn, denove falas al la tero. "Gaius, eble vi ne fariĝos ŝafpaŝtisto!" ridas Julio, dum Gaius, kovrita de tero, leviĝas kaj koncedas, "Eble ne," sed kun bona humoro ridas kun ili.

Per ĉi tiuj malpezaj kaj ĝojaj interrompoj, la kunuloj ne nur memoras la danĝerojn de la arbaro sed ankaŭ la ĝojojn kaj simplecojn de la vivo. La rido kaj ludo meze de la ombroj de la arbaro alportas novan lumon kaj esperon. Kvankam la vojaĝo estas malfacila kaj plena de danĝeroj, momentoj de malpeza konsolo gvidas ilin al pli granda espero kaj kuneco.

Kun ĉi tiu nova forto kaj revigligita spirito, Julio kaj la kunuloj, post la rido kaj ludo en la arbaro, denove turnas sin al sia serioza misio, kun reenergiigitaj korpoj kaj mensoj, por alfronti la defiojn de liberigi Cornelian kaj esplori la nekonatan estontecon. "Ankoraŭ multe antaŭ ni staras," diras Julio, "sed kune, tra arbaroj kaj montoj, tra rido kaj danĝero, ni antaŭen iros." Kaj tiel, kun koroj plenaj de espero kaj neatendita ĝojo, ili marŝas en la mallumon kaj nekonatecon de la estonteco, ĉiam memorante, ke eĉ en la plej mallumaj lokoj, lumo de humuro kaj amo povas esti trovita.

La vivo en la arbaroj estas malfacila; la noktoj estas malvarmaj kaj la tagoj plenaj de laboro. Sub stela ĉielo, ili dormas sur la malmola tero, timante la venontan tagon sed ne malesperante. "Dum nia koro batas, nia espero vivas," diras Marko, sidante ĉe la fajro.

Ĉiu loko, ĉiu ombro, rememorigas ilin pri Cornelia kaj Alariko. Ili alvenas al forlasitaj tendaroj, kie estas videblaj signoj de pasintaj tendaroj. "Alariko kaj la Scitoj estis ĉi tie," diras Gaius, montrante spurojn en la polvo. Julio, esplorante la lokon, asertas, "Ili estas proksime, mi sentas tion," kun okuloj plenaj de arda espero.

Kiam la nokto estas profunda, Julio havas sonĝon, en kiu la klara kaj malespera voĉo de Cornelia lin vokas. "Julio, ne rezignu," krias la voĉo en la songo. Vekiĝinte kun koro plena de nova decido, li diras al la ekscititaj kunuloj, "Ŝi vivas! Ni trovos ŝin!"

Julio, nun ne sola sed akompanata de lokaj ĉasistoj, reeniras la profundajn arbarojn. "Via helpo valoras oron," diras Julio, plena de dankemo, admirante la sperton kaj scion pri la arbaroj de la ĉasistoj.

Ili batalas kontraŭ sovaĝaj bestoj, kontraŭ grandaj lupoj kaj fortaj ursoj. En akra momento, kiam granda lupo atakas ilin, Julio krias, "Protektiĝu!" pretigante sin por defendi siajn kunulojn.

Svingante siajn armilojn, ili venkas la teruran beston, sed restas pli konsciaj pri la ĉirkaŭa danĝero.

La batalo kontraŭ la Scitaj esploristoj estas subita kaj intensa. Dum la batalo, ili lernas la veron pri Cornelia. "Ŝi estas detenita en sekreta valo," konfesas kaptita esploristo, superita de timo. "Ni savos ŝin," asertas Julio, sentante renovigitan esperon.

Ili alvenas al la ekstremaĵoj de la Bospora lando, kie la kutimoj kaj homoj ŝajnas el alia mondo. "Estas mirinde," diras Cornelia, kun larĝaj okuloj, marŝante tra la stratoj kaj inter ekzotikaj domoj. "Ni lernas novajn aferojn ĉi tie," aldonas Marko, ĉiam scivolema.

Fine, en fora kaj kaŝita valo, ili vidas la tendaron de la Scitoj, kun korbatado sed ankaŭ kun espero. "Jen estas la loko," krias Gaius, montrante al la valo, kie videblas signoj de tendaroj. "Rapidu, Julio, rapidu," li diras, kiam Julio pretiĝas por la fina renkontiĝo, kie eble Cornelia estas konservita.

Amazona Tero

Post longaj tagoj kaj noktoj tra densaj arbaroj kaj krutaj montoj, Julio kaj liaj kunuloj fine atingas la limojn de nekonata kaj mistera teritorio, kiu laŭ famo estas la tero de la Amazonoj. Marko, kiu ĉiam estas scivolema pri novaj aferoj, flustre diras al Julio, "Mi sentas, ke ĉi tiu loko estas malsama, plena de misteroj kaj forto." Ili lasas siajn spurojn en la mola kaj verda tero, pli singarde progresante, sentante la proksimiĝon de io granda.

La ĉielo, kiu antaŭe estis serena, nun kovriĝas per malhelaj kaj minacaj nuboj, malvarma vento flustras inter la malnovaj kaj altaj arboj. "Rigardu," flustras Gajus, rigardante al la ĉielo, "ŝajnas ke la naturo mem avertas nin ne eniri ĉi tien." Ĉiuj, kun batantaj koroj, progresas en la nesekura kaj nekonata loko, pretaj kun pafarkoj kaj sagoj, atente rigardante en ĉiuj direktoj.

Subite, en la malforta sunlumo trarompanta la nubojn, altaj kaj armitaj figuroj videblas en la distanco. "Vidu," diras Gajus, etendante sian fingron, "tiuj virinoj... ĉu ili estas Amazonoj?" La silento de la arbaro subite intensiĝas, kaj niaj kunuloj, kun tenita spiro, restas senmovaj, sentante la ĉeeston de io granda kaj potenca.

Julio, la gvidanto kaj protektanto, donas signalon per mano, instigante ĉiujn al trankvilo kaj singardo. Iliaj paŝoj iĝas malrapidaj kaj streĉaj, ĉiuj sentoj akre fokusitaj al la plej malgrandaj signoj en la naturo. Tiam, el la mallumaj profundoj de la arbaro, klaraj kaj definitaj figuroj emerĝas: la Amazonoj, batalantaj virinoj, altaj, fortaj, armitaj per brilantaj armiloj, rigardante niajn kunulojn per fiksaj okuloj.

Tra la mallumaj arbaroj kaj densaj neboloj, Julio kaj liaj kunuloj, kun bategantaj koroj, paŝas en la teron de la Amazonoj. La longaj kaj densaj ombroj de la arboj kvazaŭ ĉirkaŭas ilin, kaj subite, kun la sunlumo brilanta inter la folioj, ili vidas altajn kaj armitajn figurojn antaŭ si. La silento de la arbaro permesas aŭdi nur la sonojn de la naturo kaj iliajn proprajn spirojn.

Marko, kun larĝaj okuloj, turnas sin al Julio, "Kio estas ĉi tiu loko?" li flustras per tono plena de admiro kaj timo. Ĉiuj staras senmove, spirante en la streĉita kaj plena de atendo aero.

Tiam, la estrino de la Amazonoj, kun reĝa kaj memfida gesto, eliras el la ombro de la arbaro. Ŝia aspekto, severa kaj nobla, kaptas la atenton de ĉiuj rigardantoj. Ŝiaj okuloj, klaraj kaj penetraj, fiksiĝas rekte sur Julio. Kun firma voĉo kaj impona aŭtoritato, ŝi demandas lin: "Kion vi, fremdaj viroj, serĉas ĉe niaj landlimoj?"

Julio, kies koro estas plena de timo sed ankaŭ respekto, rigardas la estrinon de la Amazonoj kaj respondas, "Ni serĉas helpon," li diras, kun sincera kaj malkaŝa esprimo. "Nia amikino estas kaptita de malbonuloj." La aero, antaŭe plena de streĉo, nun ŝanĝiĝas al sento de espero kaj ebleco; ĉiuj silentas, atendante la respondon de la Amazonoj, esperante, ke ĉi tiu renkontiĝo povus evolui en amikecon.

La Amazonoj, unue malfidemaj, nun rigardas unu la alian kun scivolemo. La estrino, post momento de pripensado, klinas la kapon. "Rakontu al ni vian historion," ŝi finfine diras, donante signon de paco kaj aŭskultemo. Julio kaj liaj kunuloj, kun iom pli leĝeraj koroj, komencas rakonti sian malfeliĉan historion al la ĉirkaŭantaj Amazonoj.

Julio, prenantan profundan spiron, kun ĉiu respekto kaj soleneco, paŝas antaŭen al la estrino de la Amazonoj. "Mia nomo estas Julio," li diras per firma voĉo, "kaj ni venis por rakonti al vi pri nia amikino, Cornelia. Ŝi estis kaptita de la Scitoj, maljustaj viroj, kaj ni petas vian forton kaj helpon."

La reĝino de la Amazonoj, nomata Penthesilea, alta kaj digna, longe pripensas pri Julio kaj liaj kunuloj. Tiam, per forta voĉo, ŝi deklaras, "Ni, Amazonoj, neniam toleras maljustecon," ŝi proklamas. "Aŭdinte vian historion, ni decidas stari kun vi. Helpo estos donita al vi."

Julio, kun koro plena de dankemo, esprimas profundan dankon al la Amazonoj, precipe al Penthesilea. Sub la saĝa kaj forta gvido de Penthesilea, la elektita reĝino de la Amazonoj, Julio kaj liaj kunuloj estas trejnitaj en la severaj militaj artoj. Penthesilea, dotita per aŭtoritato kaj bonkoreco, promesas: "Mi igos vin fortaj," kaj gvidas ilin tra diversaj malfacilaj ekzercoj, kiuj fortigas ne nur iliajn korpojn, sed ankaŭ iliajn mensojn. Ŝi instruas ilin kiel batali, kiel kontraŭstari malamikojn, kaj kiel kaŝi kaj moviĝi en la arbaroj.

Kiam la nokto alvenas, tendaro estas starigita proksime al la limoj de la Scitoj. La atmosfero estas trankvila, sed la mensoj de ĉiuj estas plenaj de streĉo, sciante ke batalo alproksimiĝas. La nokta silento estas interrompita nur de la plena luno, kiu lumigas la ĉielon kaj teron per arĝenta lumo. "Ĉi tie ni starigos nian tendaron," solene diras Penthesilea, kaj ĉiuj dediĉas sin al la preparo por la nokta ripozo, preparante siajn armilojn kaj mensojn por la venonta tago.

Dume, esploristoj, gvidataj de Lysandra, enfiltriĝas en la mallumon de la nokto por ekscii pri la pozicioj kaj planoj de la Scitoj. Ĉiuj en la tendaro restas en silento, dum la esploristoj riskas danĝeron. Antaŭ la aŭroro, la esploristoj, plenaj de novaj informoj, revenas. Ili raportas, ke la Scitoj ne scias pri la ĉeesto de la Amazonoj kaj Julio; nun estas la tempo agi.

Kiam la aŭroro alproksimiĝas, Penthesilea kaj Julio, kune kun elektitaj viroj kaj virinoj, planas la finan atakon. Penthesilea, tenante sian akran glavon, klarigas la strategion: "Ni atakos kun la unua lumo, silento kaj rapideco estos niaj aliancanoj." Julio, kun okuloj plenaj de decido, respondas: "Mi estas preta."

Kaj tiel, kiam la unua lumo leviĝas, Julio kaj la Amazonaj kohortoj, kiel ombroj inter la arboj, singarde kaj silente moviĝas al la tendaroj de la Scitoj. Ĉiuj koroj estas plenaj de miksaĵo de espero, timo kaj decido. Ili alproksimiĝas al la tendaroj de la Scitoj, pretaj por la liberigo de Cornelia kaj por restarigi justicon en ĉi tiu barbarisma lando. Ĉio moviĝas kun la plej granda zorgemo kaj silento, por superruzi siajn malamikojn kaj atingi venkon.

Kiam la unua lumo de la aŭroro milde lumigas la teron, Lysandra kaj la aliaj noktaj esploristoj, kun gravaj informoj, revenas al la tendaro. Ili moviĝas silente inter siaj, rapidante al Penthesilea kaj Julio. "La Scitoj ne scias pri nia ĉeesto; estas tempo agi," diras Lysandra per subpremita sed klara voĉo. Ĉiuj, aŭdinte ŝiajn vortojn, kunvenas por la fina konsilo, iliaj mensoj pretas por la venonta batalo.

Penthesilea, plena de statureco kaj aŭtoritato, staras antaŭ la soldatoj, levante sian akran glavon, kaj klarigas la militplanon. "Ni atakos kun la unua lumo," ŝi diras per voĉo plena de komando kaj espero. Ĉiuj, movitaj de ŝiaj vortoj, silente konsentas, kun okuloj fiksitaj sur la estonteco, iliaj mensoj pretaj por la batalo.

Julio, apud Penthesilea, rigardas kun okuloj plenaj de decido. Kiam ĉiuj rigardas lin, li kapjesas kaj per serioza tono respondas, "Mi estas preta." Liaj vortoj, kvazaŭ pakto, restas en la aero, simboloj de unueco kaj forto.

Kiam la ĉielo ruĝiĝas ĉe tagiĝo kaj nova tago naskiĝas, Julio kaj la Amazonoj, kun silento kaj rapideco, kiel ombra armeo inter la arboj, singarde moviĝas por ataki la tendarojn de la Scitoj. Nenio aŭdiĝas krom iliaj mildaj paŝoj kaj la murmuro de la naturo; la tensio de la momento tenas ĉiujn, konsciajn pri la graveco de la iminenta batalo.

"Hodiaŭ," Julio, kun kvieta vizaĝo sed fervora koro, flustras al siaj kunuloj, "sorto kaj kuraĝo estu kun ni." Liaj vortoj, kvankam mildaj, fortigas la korojn de liaj kunuloj, donante al ili novan forton kaj esperon. Iliaj sortoj, nun pli ol iam ajn, kuŝas en siaj propraj manoj kaj en la volo de la dioj.

Ili antaŭeniras, kun la silento de la aŭroro kaj la lumo de espero, armitaj kaj pretaj, ĉiuj celantaj liberigi Cornelian, restarigi veran amikecon kaj justicon, kaj montri al la Scitoj, ke honesteco kaj harmonio superas kruelecon kaj maljustecon.

Batalo en la Arbaroj

Sub la malforta lumo de la tagiĝo, kiu apenaŭ lumigas la malhelajn kaj neesploritajn arbarojn, Julio kaj la Amazonaj kohortoj, ombroj inter la altaj arboj, silente alproksimiĝas al la tendaro de la Scitoj. La luno, nun kaŝita de nuboj, provizas nur malfortajn striojn de lumo, kiuj serpentumas tra la fendoj de la folioj, makulante la grundon. Julio, la aŭdaca gvidanto, levas sian manon por doni signalon por halto. Ĉiuj tuj haltas en la matena silento, iliaj koroj batante pro atendo kaj adrenalino.

"Jen ni estas," Julio flustras apenaŭ aŭdeble al siaj kunuloj, fikse rigardante la tendojn, kiuj fluktas en la malpeza matena vento. Ĉiu enspiras la malvarman matenan aeron, preparante siajn mensojn kaj korpojn por la baldaŭa konflikto.

Subite, sen ia ajn averto, la atako komenciĝas. Ne estas batalkrio por signali, sed prefere subita ekago, simila al neatendita somera ŝtormo. Julio ŝajnas esti la unua, kiu saltas, kun rapideco digna de la milita dio Marso, rekte al la tendo, kie, laŭ kredo, Cornelia, lia kara amikino, estas detenita. "Cornelia!" li krias per tondra voĉo, dum li kuras tra la malamika kampo, evitante sagojn kaj superante malamikojn, kiuj apenaŭ vekiĝis el dormo. Sagetoj kaj glavoj sible preterpasas de ĉiuj flankoj, sed lia determino ŝajnas doni al li nevideblan ŝildon.

Samtempe, la Amazonoj, kiel lupoj en la unua lumo de krepusko, antaŭeniras. Ili ne hezitas, ne dubas; estas nur pura, sovaĝa forto. Iliaj sagoj, lumigitaj de la malforta lumo de la aŭroro, kiel falantaj steloj, trafas la tendaron de la Scitoj, rompante la matenan silenton. Tuj ekestas krioj de doloro kaj konfuzo; la tendaro, antaŭe trankvila, nun falas en totalan ĥaoson.

La batalo fariĝas akra kaj impeta. La Amazonoj, lertaj kaj fortaj, kiel la ventoj de ŝtormo, ĉirkaŭas la Scitojn de ĉiuj flankoj. En la brilo de la nova lumo, glavoj kaj sagoj, kaptante la lumon de la luno kaj aŭroro, fulmas. "Por la Amazonoj!" unu el la Amazonoj, kun ardanta koro, ekkrias, dum ŝi kuraĝe alproksimiĝas al malamiko, faligante lin per decida glavofrapo.

La Scitoj, kvankam fortaj kaj sovaĝaj, konfuzitaj kaj nepretaj, estas ŝokitaj de la subita atako de la Amazonoj. La krioj de la batalo, la sono de metalo, kaj la ĝemoj de la vunditoj plenigas la arbaron, perturbante la pacon de la naturo. Sed la Amazonoj, superaj en disciplino kaj milita kapablo, kiel la maro dum ŝtormo, rompas la liniojn de la Scitoj.

En la mezo de ĉi tiu tumulto kaj sangoŝprucaĵo, Julio, kun nedetruita spirito kaj flamanta koro, trapasas danĝerojn kaj malamikojn kvazaŭ ombro. Nenio lin deturnas, nenio lin bremsas. Ĉiuj liaj pensoj, ĉiuj liaj fortoj, estas direktitaj al unu celo: la liberigo de Cornelia. Sub ĉi tiu tumultoplena tagiĝo, sub palaj steloj kaj kreskanta lumo, fatalaj momentoj kaj historioj naskiĝas en sango, ŝvito, kaj larmoj.

Julio rekte kuras al la tendo, kie, laŭ onidiro, Cornelia estas detenita. "Cornelia!" li krias, evitante sagojn kaj preterirante danĝerojn. La arbaroj resonas kun la krioj de la batalantoj kaj la bruego de armiloj.

Akre batala konflikto inter la Amazonoj kaj Scitoj eksplodas; ili batalas per sagoj kaj glavoj. La Amazonoj, lertaj kaj fortaj, ĉirkaŭas la Scitojn de ĉiuj flankoj. "Por la Amazonoj!" unu el ili ekkrias, aŭdace atakante la malamikon.

Alariko, konata pro sia kuraĝo, eliras el la tendo kaj renkontas Julion. "Julio!" li raŭke vokas, svingante sian glavon. "Kial vi venis ĉi tien?" Julio, preta kaj decidema, respondas: "Mi venis por liberigi Cornelian!"

Cornelia, liberigita de siaj ligiloj, eniras la batalon por helpi Julion. "Julio!" ŝi ekkrias, atakante Alarikon de malantaŭe. "Mia libereco estas kara!" Kune, kun glavoj kaj koroj unuiĝintaj, ili staras kontraŭ Alariko.

La aŭdaco kaj virto de la Amazonoj en batalo estas klare montrataj. Ĉiu Amazono, kiel leono en la arbaro, batalas. "Neniu povas superi nin!" fieras Penthesilea, la reĝino, proklamante.

En la kulmino de la tumulto, kie la krioj de la batalantoj, la krako de armiloj, kaj la siblo de sagoj regas, Alariko, la duko de la Scitoj, eniras solan duelon kun Julio. Iliaj glavoj, lumigitaj de la luno, fulmas dum ili liveras furiozan batalon. Sed en decida momento, Alariko, distrita de subita krio, estas vundita de Julio; lia glavo penetras la korpon, kaj sango gutas sur la grundon.

Falinte sur la teron, Alariko, plena de povo kaj doloro, rigardas al la stelplena ĉielo, lia animo plena de konflikto. Ĉirkaŭ li, la freneza batalo daŭras, sed en tiu loko, tempo ŝajnas halti. La Amazonoj, proksimaj al venko, alproksimiĝas al li kun armiloj pretaj, sed iliaj okuloj esprimas demandon.

Penthesilea, reĝino de la Amazonoj, distingita per sia alteco kaj digno, paŝas al la vundita Alariko. Ĉiuj ĉirkaŭstarantoj silentas, observante ĉi tiun neatenditan spektaklon. "Vi estas forta," diras Penthesilea al Alariko, per voĉo plena de respekto kaj aŭtoritato. Ŝiaj vortoj, eĉ en la tumulto de la batalo, portas pezon, alportante aŭron de paco en la ĥaoson de la milito. "Sed paco estas pli bona ol milito."

Alariko, kuŝante sur la tero, aŭdas ŝiajn vortojn, kaj kvankam doloro invadas lin, la profundo kaj vero de ŝiaj vortoj tuŝas lian koron. Li levas siajn okulojn, antaŭe plenajn de kolero kaj milito, nun plenajn de reflekto kaj kompreno, al Penthesilea. En liaj okuloj okazas signifa ŝanĝo: de furiozo al kompreno, de malamo al respekto.

Dolore sed saĝe, kun pli klara menso ol antaŭe, li klinas sian kapon en signo de agnosko kaj respekto. Simpla sed potenca gesto, simbolo de reciproka rekono inter gvidantoj, signo de ebla nova vojo inter du kulturoj. En ĉi tiu gesto, ne nur la fino de konflikto estas insinuata, sed ankaŭ la komenco de esperata harmonio.

La ĉirkaŭstarantoj, kaj Amazonoj kaj Scitoj, observas ĉi tiun mutan dialogon, plenaj de silento kaj tensio. En ĉi tiu momento, en la mezo de detruo kaj doloro, semoj de paco kaj kompreno estas plantitaj, lumo de espero brilanta en la mallumo de la milito.

Post la batalo, la reĝino de la Amazonoj kaj Alariko diskutas pri paco kaj estonteco. "Ni devas fini la malamon," komencas Penthesilea. "Inter ni povas esti harmonio kaj amikeco," respondas Alariko, pripenseme.

Julio, Cornelia, kaj iliaj kunuloj, kune kun la Amazonoj kaj Scitoj, starigas novan fidelecon kaj partnerecon. "De ĉi tiu tago, ni komencas novan vivon," proklamas Julio antaŭ ĉiuj. "Kune, ni konstruos pli bonan mondon."

Kaj tiel, sub la steloj kaj la murmuroj de la arbaroj, nova socio kaj amikeco inter la popoloj naskiĝas, lumigante novan estontecon per la lumo de espero kaj paco.

Vojo de Libereco

Post la batalo, kiam silento denove envolvas la vastajn arbarojn, Julio kaj Cornelia, iliaj vizaĝoj montrantaj miksajn esprimojn de laceco kaj ĝojo, alproksimiĝas al Penthesilea kaj la aliaj Amazonoj. Iliaj vestoj estas makulitaj de sango kaj koto, sed iliaj okuloj brilas per profunda dankemo.

"Ni dankas vin, ho plej kuraĝaj virinoj, pro via nepriskribebla helpo," deklaras Julio per voĉo plena de respekto kaj humileco. "Sen vi, hodiaŭ mia kara amikino ne starus ĉe mi."

Cornelia, kun okuloj brilantaj per nova lumo, aldonas, "Mia vivo ŝuldiĝas al vi. Miaj vortoj estas simplaj, sed mia koro estas plena de dankemo."

Penthesilea, alta kaj digna, mildvoĉe respondas, "Ne estas kialo danki nin, Julio kaj Cornelia. En la batalo kontraŭ maljusteco kaj tiraneco, via kialo fariĝis nia. Estas por ni honoro helpi tiujn, kiuj serĉas liberecon."

Post mallonga silento, plena de reciproka admiro kaj respekto, Penthesilea levas la manon kaj faras signon. Baldaŭ, du fortaj kaj bone ornamitaj ĉevaloj estas kondukitaj al Julio kaj Cornelia. "Ĉi tiuj ĉevaloj, fortaj kaj fidindaj, estas nia donaco al vi, por helpi en via longa vojaĝo."

Julio, kortuŝita, klinas la kapon en signo de danko. "Ni esprimas al vi nian plej profundan dankon. Ĉi tiun donacon, simbolon de via grandanimeco, ni neniam forgesos."

Cornelia, karese pasigante la manon super la dorso de la ĉevalo, dolĉe diras, "Ili estas belaj kaj fortaj, kiel vi. Ni zorge prizorgos ilin."

La sekvantan tagon, akompanataj de la Amazonoj, Julio kaj Cornelia estas gvidataj suden tra arbaroj kaj vastaj kampoj. La suno brilas alte en la ĉielo, kaj la vojaĝo daŭras sub la varmo de la tago kaj la ĉarmo de la naturo.

Dum ili vojaĝas, Cornelia, nun pli lerta sur sia ĉevalo, murmuras al Julio, "Miloj da paŝoj nin disigas de la romiaj teroj. Sed kun vi ĉe mia flanko, la vojo ŝajnas malpli longa." Julio, mallonge tuŝante ŝian manon, respondas, "Ni superos ĉion kune. Ni memoras la vortojn de Penthesilea: nia kaŭzo estas justa."

Kiam la suno komencas subiri, la Amazonoj haltas, indikante la finon de ilia akompano. "Ĉi tie ni disiĝos," serioze diras Penthesilea. "Julio, Cornelia, niaj bondeziroj iras kun vi. La memoro pri ĉi tiuj momentoj ĉiam restos kun ni." Malsuprenirante de siaj ĉevaloj, Julio kaj Cornelia faras sian lastan adiaŭon al la Amazonoj, varme ĉirkaŭbrakante ilin. Cornelia, kun larmoj en la okuloj, sed ankaŭ kun forto en la voĉo, diras, "Ni dankas vin pro ĉio. Vian amikecon ni ĉiam portos en niaj koroj." Julio, levante la manon al la brusto, aldonas, "Eterne ni estos dankemaj. Adiaŭ, kuraĝaj kaj grandanimaj Amazonoj."

Dum la ĉielo estas alta kaj serena, Julio kaj Cornelia rekomencas sian vojaĝon. La suno brilas alte en la ĉielo, kun siaj fervoraj radioj varmegantaj la teron. La tago estas varmega, kaj la varmego de la suno sentiĝas sur iliaj dorsoj, dum ili marŝas tra vastaj kampoj kaj polvaj vojoj. Ilia ŝvito malsekigas iliajn fruntojn, sed ili daŭrigas kun espero kaj renovigita forto, iliaj koroj ankoraŭ sentante la limojn de sia patrujo, kvankam ili estas for de ĝi.

Sub la klara kaj brulanta ĉielo, marŝante tra sekaj kampoj kaj solecaj vojoj, ili alvenas ĉe la dometo de solula farmisto meze de la tago. La dometo estas modesta, kun pajla tegmento kaj muroj el argilo, sed ĝi ofertas rifuĝon kaj reliefon de la taga varmego. Julio, frapante ĉe la pordo, per laca sed afabla voĉo petas, "Ĉu vi povus doni al ni iom da akvo? Ni faris longan vojaĝon, kaj soifo nin premas."

La farmisto, simpla kaj bonkora homo, invitas ilin enen. "Akvon kaj simplan manĝaĵon ĉi tie vi trovos," li diras, kondukante ilin al simpla kampara tablo. Tie, ili estas provizitaj per malvarma akvo kaj simpla manĝo—malmola pano kaj fromaĝo. Dum ili trinkas kaj manĝas, iliaj animoj iom post iom revigliĝas, kaj ili dankas la farmiston pro lia gastamo.

Dum ili ripozas en la ombro de la kampara domo, la farmisto, kies vizaĝo estas markita de jaroj da laboro sub la suno, turnas sin al Julio kaj Cornelia kaj komencas rakonti fabelon. Per grava kaj iom tremanta voĉo, li komencas: "Ĉi tiu loko ne estas nur loko de kampoj kaj paco. En la densaj arbaroj, kiuj ĉirkaŭas niajn landojn, laŭdire loĝas sorĉistino, kies famo kaj faroj ankoraŭ turmentas niajn mensojn kaj noktojn. Ne unufoje, sed multfoje, ŝiaj malbonagoj falis sur la homojn kaj niajn terojn."

Trinkinte iom da akvo, li daŭrigas: "Ni konservas la memoron pri iam forta kaj feliĉa viro, kiu kuraĝis eniri tiujn arbarojn, ne kredante la fablojn pri la sorĉistino. Tagoj kaj noktoj pasis, kaj kiam li revenis, li ne plu estis la sama viro, sed ombro de si mem— okuloj sen lumo, voĉo sen forto. Li rakontis, ke li vidis virinon kun brulantaj okuloj kaj malvarma rido, kiu frostigis lian sangon."

La farmisto, levante la manon kvazaŭ por dispeli ombrojn, aldonas: "Ŝi, kiun ili nomas la sorĉistino, havas malvirtojn. Oni diras, ke plantoj kaj bestoj moviĝas laŭ ŝia volo, kaj ke la nokto fuĝas antaŭ ŝia ĉeesto. La malfeliĉa viro, kies sorto estis mizera, parolis pri noktaj lumoj kaj voĉoj el la arbaro, kiuj kondukas homojn al frenezo."

Cornelia, kaptita de liaj vortoj, demandas, "Sed kion malbonan faris tiu sorĉistino, krom timigi homojn?" La farmisto, eksuspirante, respondas: "Ho, ŝi ne nur semas teruron. Juna knabino el nia vilaĝo, bela kaj vigla, iris en la arbaron por pluki florojn. Ŝi neniam revenis. Ni serĉis ŝin, ni vokis ŝian nomon, sed nur la arbaro respondis. Poste, en la loko kie ŝi ofte ludis, ni trovis figuron faritan el branĉoj kaj floroj, malvarma kaj senmova. Kiel signo, signo de tiu sorĉistino."

Julio, serioze tuŝita, diras, "Ĉu tio estas vera? Aŭ nur rakontoj por krei timon?" La farmisto, kun siaj okuloj fiksitaj sur Julio, solene diras: "Ĉi tiuj rakontoj ĉiam havas iom da vero. Eĉ se ne ĉio estas vera, la danĝero certe ekzistas. Tial, al vi, vojaĝantoj, mi konsilas eviti la pli mallongan vojon. Pli bone perdi tempon ol alfronti la danĝerojn, kiuj loĝas en tiaj rakontoj."

Julio kaj Cornelia, aŭdinte la rakontojn, konsultas inter si. Kvankam iliaj koroj estas agititaj de la rakontoj, ili ankaŭ scias, ke la pli longa vojo estos pli laciga. Sed, konsiderante la seriozajn avertojn de la farmisto, ili decidas preni la pli longan itineron, evitante la densajn arbarojn kaj lokojn famajn pro la sorĉistino.

Post kiam ili ripozis, aŭskultis la rakontojn, kaj decidis pri sia vojo, Julio kaj Cornelia, dankante la farmiston pro la akvo, la manĝaĵo kaj la konsiloj, denove ekiras survojen. Kun la suno ankoraŭ alte kaj brulanta, sed kun renovigita singardo kaj mensoj plenaj de rakontoj, ili rekomencas sian vojaĝon tra la malfermaj kampoj kaj laŭ pli sekuraj vojoj.

Tra Malluma Arbaro

Post kiam ili forlasis la domon de la farmisto, Julio kaj Cornelia, pezigataj de liaj avertoj, daŭrigis sian vojon sub la brulanta suno. Ili marŝis la tutan tagon, kaj kiam la suno dekliniĝis okcidenten, ili alvenis ĉe la rando de la vasta kaj malhela arbaro, pri kiu la farmisto rakontis.

Julio, iom hezitante, rigardis unue al la densaj ombroj de la arbaro kaj poste al Cornelia. Kun decida animo, li diris: "Cornelia, eble ni mem devas esplori la veron. Se estas danĝeroj, ni devas kompreni ilin, por povi helpi niajn amikojn."

Cornelia, timigita sed fida al Julio, kapjesis. "Vi pravas, Julio. Ni ne estas ĉi tie nur por ni mem. Se io en ĉi tiu arbaro povas profiti ĉiujn, ni devas trovi ĝin. Ni estu singardaj kaj subtenu unu la alian."

Animigitaj de ĉi tiu komuna kuraĝo, ili decidis eniri la malluman arbaron kune, manojn firme kunligitajn, pretaj malkaŝi la kaŝitan veron inter la senvojoj kaj ombroj.

Kvankam timigita, Cornelia montris kuraĝon. "Eble ĉi tio estas nur rakontoj, sed ni devas esti singardaj. Ni tenu unu la alian kaj paŝu silente tra ĉi tiu arbaro," ŝi diris, prenante la manon de Julio.

Tiel, kun la lastaj radioj de la krepuska lumo, ili eniris la arbaron. Tuj kiam ili transiris sub la altajn arbojn, ili sentis la atmosferon ŝanĝiĝi. La aero fariĝis pli malvarma, kaj la ombroj inter la arboj pli densaj. La sonoj de la arbaro—la murmuro de la vento, la susuro de la folioj, kaj la fora kriado de bestoj— kunfandiĝis en misteran kaj maltrankviligan simfonion.

Julio kaj Cornelia, marŝante kiel eble plej proksime unu al la alia, sekvis mallarĝan kaj serpentan vojon. La luno, vaganta inter nuboj, provizis nur malgrandajn makulojn de lumo tra la densaj folioj, apenaŭ lumigante ilian vojon. Ĉiu paŝo, kiun ili faris sur la folia grundo, elsendis sian propran apartan sonon, kaj iliaj koroj iomete saltis kun ĉiu krakado.

Antaŭenirante, Cornelia subite haltis kaj kaptis la brakon de Julio. "Ĉu vi aŭdas tion?" ŝi flustris, kun okuloj plenaj de timo. Julio aŭskultis kaj, inter la intermitaj murmuroj de la vento, perceptis vagan, melodian sonon, kvazaŭ kanto venantus de fora loko. "Ĉu... kanto?" li respondis, ne sen timo.

La kanto mildigis ilin, kiel la ondoj de la rivero Leteo, sed memorante la avertojn de la farmisto, ili penis rezisti ĝian dolĉecon. Tamen, ju pli profunde ili eniris la arbaron, des pli laŭta kaj klara fariĝis la kanto, kvazaŭ ĝi alvokus ilin el la koro de la arbaro.

Dum la nokto progresis, ili marŝis ĝis ili atingis malfermaĵon en la arbaro, kie la plena luno, rompiĝanta tra la nuboj, plenigis la lokon per pala lumo. En la mezo de la brila lumo, ĉe klara kaj serena fonto, staris virino, kantanta. Ŝiaj vestoj estis malnovaj kaj disŝiritaj, ŝiaj longaj, nigraj haroj fluis en la vento.

Julio kaj Cornelia, kaptitaj kaj fascinataj, staris ĉe la rando de la lumo, iliaj koroj forte batantaj en iliaj brustoj. La virino, sentante ilian ĉeeston, ĉesis kanti kaj malrapide turniĝis, ŝiaj okuloj, reflektante la lunlumon, fiksiĝis sur iliajn vizaĝojn.

"Ĉu vi estas ĉi tie pro mi?" ŝia voĉo, dolĉa kaj malvarma, sonis tra la nokto. Cornelia, superita de timo, ne povis respondi; Julio, kolektante sian kuraĝon, diris: "Ni... ni estas nur preterpasantoj. Ni ne volas kaŭzi ĝenon."

La virino iomete ridetis, sono kiu estis samtempe dolĉa kaj terura. "Multaj preterpasantoj tion diras," ŝi diris. "Sed ĉi tiu arbaro apartenas al mi. Kial vi trairas miajn teritoriojn?"

Tiam, la virino faris paŝon en ilian direkton, kaj kiam ŝi alproksimiĝis, malvarmo neklarigebla ilin invadis. Julio, gvidata de instinkto, metis la manon sur sian glavon, kvankam lia koro estis plena de dubo.

"Ni ne serĉas malbonon," diris Julio, per la plej firma voĉo kiun li povis eligi. "Ni simple volas paceme fini nian vojaĝon tra ĉi tiu arbaro."

La virino, klinante sian kapon, pripensis. Tiam, kun rido kiu plenigis la arbaron, ŝi diris: "Eble mi lasos vin pasi. Sed memoru, ĉio en ĉi tiuj arbaroj havas okulojn. Kaj mi estas la sinjorino de ĉi tiu loko."

Subite, ŝi dissolviĝis en la venton kaj nebulon, kaj kiam Julio kaj Cornelia rerigardis al la fonto, ĝi staris sola. Nenio restis krom la sono de la akvo kaj la murmuro de la folioj.

Post kiam la virino malaperis, Julio kaj Cornelia, kun koroj ankoraŭ batantaj sed nun kun nova espero, daŭrigis sian vojaĝon tra la arbaro, nun pli ol iam antaŭe fidantaj unu al la alia. La nokto en la malhela arbaro metis ilin al provo, sed fine, kun la unuaj matenaj radioj, ili atingis la finon de la arbaro, elĉerpitaj sed sekuraj, por rakonti pri la nokto kiam ili vidis la sinjorinon de la sorĉa arbaro.

En Katenoj

Post kiam ili eliris el la densaj kaj malhelaj ombroj de la arbaro, Julio kaj Cornelia daŭrigis sian penigan vojaĝon. Tagon post tago, sub la brulanta suno kaj sur polvokovritaj vojoj, ili marŝis, kun espero pri libereco kaj sekureco brulanta en iliaj koroj. Sed kvankam iliaj animoj estis ankoraŭ skuataj de la lastatempa renkonto kun la sorĉistino en la arbaro, nenio povis sufiĉe prepari ilin por la danĝeroj, kiuj atendis ilin antaŭe.

Ili marŝis dum kelkaj tagoj, ĝis ili atingis pli grandan vojon, kie granda karavano intersekcis ilian padon. Homoj, parolantaj diversajn lingvojn kaj ŝarĝitaj per varoj, ŝajnis al ili kiel senditoj el diversaj partoj de la mondo. Sed inter ĉi tiuj novaj vizaĝoj kaj sonoj, subita sento de angoro invadis Julion.

Kiam la karavano alproksimiĝis, Julio kaj Cornelia rapide komprenis, ke ne ĉio estis kiel ĝi ŝajnis. Homoj, katenitaj kaj kun rompita kaj malespera aspekto, marŝis inter la komercistoj kaj gardistoj. Julio, jam sperta en militaj aferoj, tuj komprenis, ke ili falis en la manojn de homkomercistoj, aŭ sklavaŭkciantoj.

Antaŭ ol ili povis fari planon, ili estis ĉirkaŭitaj. "Kiu vi estas, kaj kien vi iras?" demandis malmola viro, kiu ŝajnis esti la gvidanto de la karavano, fiksante siajn akrajn okulojn sur ilin. Julio, ĉiam la protektanto kaj defendanto, respondis, "Ni estas vojaĝantoj, irantaj al Romo. Ni havas nenian aferon kun sklavoj aŭ komercistoj."

Sed la viro ridis, rigardante ilin kvazaŭ lupo antaŭ ŝafo. "Vi ŝajnas sufiĉe fortaj por labori. Vi volas iri al Romo? Eble ni kondukos vin tien, sed ne kiel liberaj homoj," li diris, farante signon al siaj viroj. Antaŭ ol ili povis rezisti, Julio kaj Cornelia estis kaptitaj kaj ĵetitaj en katenojn. Iliaj koroj malfortiĝis, sed ili ne povis krii nek forkuri; ili estis ĉirkaŭitaj de armitaj gardistoj de ĉiuj flankoj.

Lokitaj inter la aliaj kaptitoj, ili sentis la profundan kaj akran perdon de sia libereco. Cornelia, kun larmoj plenigantaj ŝiajn okulojn, flustris, "Kion ni faros, Julio? Mi neniam volis fariĝi sklavo." Julio, kvankam lia koro ankaŭ estis ŝirita, provis konsoli ŝin. "Ne malgajiĝu, Cornelia. Ni trovos manieron eskapi. Ni ne lasos niajn sortojn finiĝi tiel facile," li respondis, kvankam lia voĉo estis apenaŭ aŭdebla pro malespero.

Tagojn kaj noktojn, la karavano moviĝis tra vojoj kaj vastaj kampoj, sub la varmega suno kaj foje sub la stela nokta ĉielo, sed sen ia espero pri libereco. Julio kaj Cornelia, kiel la aliaj kaptitoj, laboris sub la severaj rigardoj de la gardistoj kaj sub iliaj kruelegaj vipfrapoj.

En ĉi tiuj malfacilaj tempoj, Julio kaj Cornelia trovis konsolon en unu la alia. Iliaj konversacioj, plenaj je memoroj kaj esperoj pri la estonteco, provizis al ili iom da trankvilo meze de ilia mizero. Nokte, kiam la tendaro de la karavano estis starigita kaj la gardistoj sidis ĉe la fajroj, Julio flustris planojn pri fuĝo al Cornelia.

"Ni devas esti atentemaj kaj atendi la ĝustan ŝancon," diris Julio. "Se ni havos eĉ unu ŝancon, ni devas forkuri." Cornelia, kvankam plena de timo kaj laceco, kapjesis konsente. "Mi estos kun vi, kien ajn vi iros," ŝi diris, serĉante lian manon en la mallumo.

La ŝanco finfine venis. Unu nokton, kiam la luno provizis sufiĉe da lumo kaj la gardistoj, laciĝintaj de la taga laboro, estis malpli atentaj, Julio donis la signalon. Silente, malfiksinte la katenojn, kiujn Julio kun granda peno malfermis, ili komencis moviĝi en la mallumon.

Kun batantaj koroj, inter la tendoj kaj dormantaj ĉevaloj, Julio kaj Cornelia, uzante la ombrojn, tre malrapide forlasis la tendaron. Ĉiu paŝo alportis ilin pli proksimen al libereco—fragila kaj necerta, sed tamen libereco.

Kiam ili atingis la randon de la kampo, al la malluma kaj nekonata arbaro, ili ne hezitis, sed, inspiritaj de la dolĉeco de libereco, kuris en la densajn kaj mallumajn arbarojn, lasante la teruron de sklaveco malantaŭe, en la nokton kaj en la nekonatan estontecon. Sed ili sciis unu aferon: dum ili estus kune, ili ĉiam havus esperon.

Denove Kaptitaj

Julio kaj Cornelia, kun rapide batantaj koroj, kuris tra la densaj kaj malhelaj ombroj de la nokta arbaro. Ili spertis la dolĉan guston de libereco, mallonga sed intensa, kiam subite, sen antaŭa averto, la trankvilo de la nokto estis rompita. Iliaj plej malbonaj timoj realiĝis, kiam ili aŭdis la bojadon de hundoj kaj la kriegojn de viroj, kiuj persekutis ilin. La ĉasistoj de sklavoj, armitaj kaj persistemaj, estis ne malproksime.

Julio, firme tenante la manon de Cornelia, flustris, "Rapide! Ĉi tien!" kaj gvidis ŝin en pli densan parton de la arbaro. Sed kvankam ili estis rapidaj kaj la mallumo donis al ili ioman ŝancon por kaŝiĝi, tio ne sufiĉis por eskapi de tiuj, kiuj bone konis la landon kaj havis akrajn hundojn.

Subite, el la mallumo, armitaj figuroj aperis, ĉirkaŭante ilin. La fuĝo, kiu antaŭe ŝajnis tiel ebla, subite fariĝis neebla. Julio kaj Cornelia, sentante siajn korojn ŝiriĝi sed ankoraŭ montrante forton, preparis sin por ĉio, eĉ por la plej ekstremaj cirkonstancoj.

"Jen finiĝas via fuĝo," diris la kruela ĉasisto, evidente la gvidanto, svingante sian glavon. "Por vi ne plu estas eskapo."

Julio, el malespero, provis rezisti, sed sen armiloj, kontraŭ armitaj viroj en nombra supereco, li povis fari malmulton. Li kaj Cornelia estis denove kaptitaj, feraj katenoj estis metitaj sur iliajn manojn kaj piedojn. Libereco, kiu estis tiel dolĉe gustumita, fariĝis amara memoro.

Ili estis rekondukitaj al la karavano antaŭ la unua lumo, tirataj kiel kaptitaj bestoj, ilia humileco kaj aflikto pligrandiĝis per novaj doloroj. La ĉasistoj, ŝvelantaj de triumfo, ĵetis ilin ĉe la piedoj de la sklavaŭkciantoj.

"Jen viaj fuĝintoj," diris la ĉasisto. "Nun ni estas certaj, ke ili ne provos denove forkuri." Julio kaj Cornelia, ĵetitaj al la tero, rigardis unu la alian. En la okuloj de la alia, ili vidis ne nur doloron kaj lacecon, sed ankaŭ ian firmecon kaj defion. Kvankam iliaj korpoj estis kaptitaj, iliaj spiritoj ankoraŭ restis liberaj, kvankam premitaj kaj preskaŭ rompitaj.

La komercisto, plena de kolero kaj malestimo, aliris ilin. "Vi fariĝos ekzemplo por ĉiuj," li diris. "Ni montros, kio okazas al tiuj, kiuj provas trompi nin." Tiel, tiun tagon, Julio kaj Cornelia estis ligitaj per pli pezaj katenoj kaj metitaj en la mezo de la karavano, por ke ĉiuj aliaj sklavoj vidu ilin kaj memoru la teruran sorton, kiu atendas fuĝintojn. Ili marŝis sub la brulanta suno, sen ripozo, sen kompato.

La tago pasis, kaj la nokto venis, sed Julio kaj Cornelia, nun inter la aliaj kaptitoj, trovis neniun konsolon. Ili estis ĉirkaŭitaj de rompitaj viroj kaj virinoj, kies okuloj jam delonge perdis esperon. Sed en ĉi tiu mizero, en ĉi tiu malespera situacio, ili komencis trovi ion novan—senton de komunumo, senton de ne esti solaj en sia sufero.

Dum la sekvaj noktoj, kiam la tendaro estis starigita kaj la gardistoj gardis siajn fajrojn, Julio kaj Cornelia silente parolis kun la aliaj kaptitoj. Ili rakontis historiojn pri siaj hejmoj kaj landoj, pri feliĉaj tagoj, pri revoj kaj esperoj, kiuj nun ŝajnis tiel malproksimaj.

Al Danubo kaj Trans

Dum semajnoj de malfaciloj kaj konstantaj doloroj, Julio kaj Kornelio, ĉenitaj, daŭrigis sian suferan vojaĝon tra vastaj kaj nekonataj regionoj. Tago post tago, sub la nekompata suno kaj tra dezertaj teroj, la malrapida sed nehaltigebla karavano moviĝis direkte al Romo. Kaj kvankam iliaj korpoj estis kaptitaj kaj iliaj spiritoj rompitaj, en la plej profunda parto de iliaj koroj ankoraŭ brulis eta flamo de espero.

Kiam ili fine atingis la bordojn de la granda rivero Danubo, la vidaĵo de la vastaj akvoj kaj la sono de la ondoj alportis al ili momenton de konsolo. Sed ĉi tiu trankvilo estis mallongdaŭra; baldaŭ ili estis kondukitaj al grandaj tendaroj, kie amasoj da aliaj sklavoj el ĉiuj partoj de norda Eŭropo estis kolektitaj, ĉiuj destinitaj al vivo de servuteco en la Romia Imperio.

En ĉi tiu tendaro de tumulto, Julio kaj Kornelio atestis la kunvenon de diversaj nacioj kaj lingvoj, ĉiuj homoj kun diversaj sortoj kaj historioj, sed nun unuiĝintaj en komuna mizero. Ili vidis trompitajn vizaĝojn kaj malplenajn okulojn, kiuj perdis hejmon kaj liberecon, kaj kun ili, dum momentoj de silento kaj nokta kvieto, ili komencis dividi profundan senton de homaro kaj kompato.

Dum ili restis en la tendaro, Julio kaj Kornelio lernis multe pri ĉi tiuj aliaj kaptitoj – pri iliaj vivoj, pri iliaj perdoj, pri espero kiu, kvankam ofte subpremita, neniam estis tute estingita. Ĉi tiuj konversacioj, kvankam ofte interrompitaj kaj sub la gardado de gardistoj, donis al ili malgrandan signifon de vivo meze de vasta dezoleco.

Fine, post tagoj plenaj de atendo kaj angoro, la karavano pretis por la fina etapo de sia vojaĝo. Julio kaj Kornelio, kun peza koro kaj maltrankvila menso, prepariĝis por la lasta vojaĝo sub la jugo de servuteco. Por Julio kaj Kornelio, ĉi tiu vojaĝo ne estis nur reveno al ilia naskiĝurbo, sed ankaŭ eniro en novan vivon de necerteco kaj eble doloro. Por la aliaj, ĉiu paŝo portis ilin pli malproksimen de iliaj hejmoj kaj de la vivo, kiun ili iam konis.

Dum la karavano transiris la Danubon kaj eniris la sudajn terojn, Julio kaj Kornelio komprenis la ironion de sia situacio. Kvankam ĉiuj estis kondukataj al sklaveco, nur ili, en amara ironio, "revenis hejmen" – sed ne kiel liberaj civitanoj, sed kiel sklavoj.

La vojaĝo tra kampoj kaj montetoj, sub la ŝanĝiĝantaj ĉielkondiĉoj kaj inter la murmuroj de la ventoj, estis longa kaj malfacila. La gardistoj, ĉiam viglaj kaj ofte krudaj, puŝis la sklavojn por ke ili ne malfruigu. Foje, sur la vojo, kaptitoj falis pro malforto aŭ malespero, kaj la karavano, sen ia kompato, daŭrigis sian vojon.

La noktoj estis mallongaj periodoj de konsolo, kiam Julio kaj Kornelio, sidante ĉe la fajro, havis mallongajn konversaciojn kun siaj kunkaptitoj. Ili rakontis pri Romo, pri ĝia grandeco kaj beleco, sed ankaŭ pri ĝia krueleco kaj maljusteco. Ili alterne aŭskultis rakontojn pri densaj arbaroj, pri vastaj kampoj, pri grandaj riveroj, kiujn la kaptitoj el malproksimaj landoj priskribis.

Kaj tiel, tra tagoj kaj noktoj, tra suno kaj pluvo, la karavano malrapide alproksimiĝis al Romo. Julio kaj Kornelio, kvankam kun elĉerpitaj korpoj kaj premataj koroj, trovis konsolon kaj forton unu en la alia. Ilia konversacio, en la gepatra lingvo, estis kvazaŭ eta lumo en la mallumo, memoro de hejmo kaj amo, kiu povis postvivi eĉ en la plej malbona sorto.

Kiam ili fine alproksimiĝis al la limoj de la eterna urbo, Julio kaj Kornelio, tenante unu la alian per la manoj, haltis kaj rigardis al la pordegoj de la granda imperio, ne kun la ĝojo de revenintoj, sed kun la silenta rezigno de tiuj, kiuj multe suferis. Iliaj okuloj jam ne vidis la splendoron de la urbo, sed memoris la doloron kaj perdon, kiujn la longa kaj malfacila vojo alportis al ili.

Kiam la lastaj paŝoj al la urbo estis faritaj, sento de ambivalenco invadis iliajn animojn. Romo, ilia naskiĝurbo kaj fina celo de sopiro, nun ŝajnis esti malliberejo, la fino de la libereco, kiun ili iam havis. Sed inter ĉi tiuj pensoj, Julio promesis al Kornelio, "Kvankam ni alvenas en katenoj, nia spirito restos libera. Havante unu la alian, ni superos eĉ ĉi tion."

Kornelio, retenante siajn larmojn, kapjesis. "Kie estas amo, tie estas espero," ŝi flustris, "kaj nia amo nin tra ĉio portis."

Enirante tra la pordegoj de la urbo, kun la aliaj kaptitoj inter homamaso de homoj, bestoj, kaj ĉaroj, ili estis kondukitaj en la koron de la urbo. Ĉirkaŭ ili, la tumultema kaj indiferenta vivo de la urbo fluis, kvazaŭ nek ilia kaptiteco nek ilia doloro havus ian ajn signifon.

En la forumo, kie la sklava merkato okazis, ili staris, atendante kaj timante. Julio, en ĉi tiu decida momento, forte tenis la manon de Kornelio, konsolante ŝin kaj fortigante sin mem. Homoj ĉirkaŭis ilin, inspektante ilin kiel varojn, pripensante iliajn prezojn.

Kaj en ĉi tiu loko, kie homoj estis venidataj kaj aĉetataj, Julio kaj Kornelio sentis la finan degradon de la homaro. Sed en siaj okuloj, ili portis promeson, silentan interkonsenton, ke kvankam ili perdis ĉion, ili ne perdos unu la alian.

Kiam la suno subiris super Romo, super la pinakloj kaj monumentoj de la urbo, super ĝiaj vojoj plenaj de historioj kaj sango, Julio kaj Kornelio estis kondukitaj en necertan estontecon, sed kune, kun unuiĝintaj koroj, en la mezo de la imperio brila kaj kruda, pretaj por nova ĉapitro de la vivo, kien ajn la sorto ilin gvidus.

Fina Ĉapitro

Julio kaj Kornelio, ĉenitaj je manoj kaj piedoj, estas trenataj al la sklava merkato sub la brulanta suno de Romo. La suno altas en la ĉielo, kaj la varmego estas tiel intensa, ke homoj komencas ŝviti tuj kiam ili eliras ekstere. La ĉirkaŭstarantoj rigardas ilin ne kiel homojn, sed kiel varojn, kun avidaj kaj kalkulantaj okuloj.

Kornelio, plena de digno, krias: "Mi estas romana civitano!" Sed en ĉi tiu vasta merkato, kie la krioj kaj bruo de komercistoj regas, ŝia voĉo malaperas kvazaŭ guto en la oceano. La komercisto, kolera kaj avideca, ne volas ŝiajn vortojn sed ŝian silenton. Proksimiĝante, li kruele frapas ŝin, dirante malmilde: "Silentu, sklavino!" Kornelio, kvankam plorante, restas forta kiel roko en ŝtormo. Julio, retenita de siaj katenoj, sentas nenion krom doloro kaj kolero, vidante sian amatinon en tia stato.

En la tumulto de la merkato, kie homoj estas puŝataj kaj vendataj kiel brutaro, la amaso inspektas ilin, juĝas, kaj kalkulas prezojn en siaj mensoj. Julio kaj Kornelio, kvankam ĉirkaŭitaj de senespero, tenas unu la alian, kvazaŭ pretaj por la fino de la mondo, malfeliĉaj sed ne venkitaj.

Subite, la sceno ŝanĝiĝas: viro progresas tra la amaso, kun gravito kaj aŭtoritato skribitaj sur lia vizaĝo. Kornelio, kun subite larmaj kaj brilantaj okuloj, rekonas lin kaj kun rompita voĉo krias: "Paĉjo! Mia paĉjo!" La viro haltas, ĉirkaŭrigardas, kaj, rekonante sian filinon, turniĝas al ŝi. Estas Kornelio, la patro de Kornelio, senatano kaj viro konata pro sia digno kaj nobeleco.

Kornelio, kun kolero brulanta en sia koro, alproksimiĝas al la komercisto kaj lin riproĉas: "Kion vi faras? Ĉi tiu estas mia filino, romana civitano!" lia voĉo sonas kiel tondro tra la merkato. Tuj, granda konfuzo eksplodas en la merkato, homoj amasiĝas por spekti la scenon.

Senprokraste, Kornelio vokas la gardistojn kaj sen hezito ordonas, ke la komercisto estu ĵetita en malliberejon. "Neniu povas tiel misuzi mian familion!" li ekkrias, etendante sian imperan manon. En momento, Julio kaj Kornelio estas liberigitaj de siaj katenoj kaj kuras en la brakojn de sia familio, kun larmoj de ĝojo kaj dankemo miksitaj.

En la sekvaj tagoj, post kiam la tumulto kaj hororo de la merkato iom post iom paliĝis en la memoro, Kornelio kaj Julio, man en mano, marŝas al la altaro. Vestitaj en nuptaj vestoj, Kornelio ornamita per blanka vualo, Julio en brilanta tuniko, ili alvenas al la pastro, kiu ilin atendas.

En la vilaĝo de Kornelio, ornamita per floroj kaj lumiloj, grandioza festo estas preparita. Longaj tabloj, ŝarĝitaj per ekskvizitaj manĝaĵoj, etendiĝas tra la ĝardeno. Elektitaj vinoj kaj la plej delikataj manĝaĵoj, de romaj kaj ekzotikaj gustoj, estas provizitaj.

Dolĉa muziko komenciĝas, kun violonoj kaj flutoj sonorantaj. La nokta aero plenigas sin per romaj melodioj kaj muzikoj alportitaj de fremdaj landoj. Gastoj, vestitaj per togoj kaj stoloj, kunvenas ĉe la vilao, plenaj de ridoj kaj amikaj konversacioj.

Julio, en la mezo de la festo, leviĝas, tenante la manon de Kornelio. Ĉiuj eksilentigas, atente rigardante la novan edzon. "Libereco kaj amo venkas!" Julio laŭtvoĉe proklamas. Forta aplaŭdo eksonas, kaj ĉiuj ĉeestantoj ĝojas kaj batas manojn.

Kornelio, kun trankvila vizaĝo kaj lumo de amo en ŝiaj okuloj, turnas sin al Julio kaj dolĉe respondas: "Ĉiam kune ni estos." Amo resonas en ŝiaj vortoj, eterneca promeso inter ili du.

La danco komenciĝas, kaj kun la kreskanta muziko, la gastoj formas cirklon. Julio kaj Kornelio malfermas la unuan dancon, moviĝante per malrapidaj paŝoj sub la brilantaj steloj. Ridoj, babiladoj, kaj sonoj de interfrapantaj kalikoj resonas tra la nokto.

Subite, Kornelio, la patro de Kornelio, paŝas al la centro, tenante kalikon da vino en sia mano. "Por mia filino kaj nova filo!" li ekkrias, invitante ĉiujn al festado. La festantoj leviĝas, levante siajn kalikojn al la ĉielo, kaj kune krias: "Por Kornelio kaj Julio!"

Post la danco, komedioj kaj recitaĵoj, kiuj rakontas pri antikvaj romaj historioj kaj mitoj pri dioj, estas prezentitaj. Ridoj kaj aplaŭdoj flugas tra la vilao, dum aktoroj kaj poetoj prezentas siajn verkojn kaj scenojn.

Kiam la festo alproksimiĝas al sia fino, Julio kaj Kornelio, nun edzo kaj edzino, rigardas al la steloj, manoj interplektitaj. "Jen nova vojo antaŭ ni," Julio flustras. "Kune ni ĝin marŝos," Kornelio respondas, apogante sian kapon sur lian ŝultron.

Kaj tiel, en nokto plena de amo kaj espero, Julio kaj Kornelio, ĉirkaŭitaj de amikoj kaj familio, komencas novan ĉapitron en siaj vivoj. Ĝojo, amo, kaj libereco - jen la deziroj kiuj flustras kun la steloj de la serena nokto. En la nesekura sed esperplena estonteco, ili komencas novan vojaĝon.

Fino.

Learn Esperanto with
Science Fiction
Esperanto A2 Reader
Brian Smith

www.ingramcontent.com/pod-product-compliance
Lightning Source LLC
Chambersburg PA
CBHW071320130726

47996CB00002B/559